LUIZ ANTONIO SIMAS

Ode a Mauro Shampoo
e outras histórias da várzea

mórula
EDITORIAL

Copyright © Luiz Antonio Simas.

TODOS OS DIREITOS DESTA EDIÇÃO RESERVADOS
À MV SERVIÇOS E EDITORA LTDA.

REVISÃO
Suzana Barbosa

FOTO (CAPA)
Bruno Morais

CIP-BRASIL. CATALOGAÇÃO NA PUBLICAÇÃO
SINDICATO NACIONAL DOS EDITORES DE LIVROS, RJ

S598o   Simas, Luiz Antonio, 1970
           Ode a Mauro Shampoo e outras histórias
da várzea / Luiz Antonio Simas. — 1. ed. — Rio de Janeiro :
Mórula, 2017.
           104 p. ; 19 cm.

           ISBN 978-85-65679-60-2

           1. Crônica brasileira. I. Título.

17-42508   CDD: 869.8
                           CDU: 821.134.3(81)-8

 R. Teotônio Regadas, 26 – 904 – Lapa – Rio de Janeiro
www.morula.com.br | contato@morula.com.br

*Indícios de canibais,
sinais de céu e sargaços,
aqui um mundo escondido
geme num búzio perdido.*

[**JORGE DE LIMA**
CANTO I. INVENÇÃO DE ORFEU]

NOTA INTRODUTÓRIA

NUNCA ENCAREI O FUTEBOL COMO MERO ESPETÁCULO, brincadeira, jogo ou guerra — ele pode ser tudo isso e muito mais. Futebol no Brasil é cultura, faz parte de um campo de elaboração de símbolos, projeções de vida, construção de laços de coesão social, afirmação identitária e tensão criadora. Nossas maneiras de jogar bola e assistir aos jogos dizem muito sobre as contradições, violências, alegrias, tragédias, festas e dores que nos constituíram. A mesmíssima coisa vale para a cultura dos botequins e das escolas de samba.

O problema é que a maré não está para peixe. O processo de falência do futebol e do botequim como cultura reduz o jogo e a ida ao bar aos patamares de meros eventos — para delírio das caravanas que parecem percorrer os bares com a curiosidade dos antigos imperialistas em incursões civilizadoras e dos espectadores que ficam fazendo *selfies* em estádios de futebol enquanto a bola rola. Me espanta, ainda, como isso se reflete no vocabulário, que perde as características peculiares do torcedor e do bebum (o correto agora é chamar de "butequeiro") e se adequa ao padrão aparentemente neutro do jargão empresarial.

O craque se transforma em "jogador diferenciado", o reserva é a "peça de reposição", o passe vira "assistência", o campo é a "arena multiuso" e o torcedor é o "espectador". Ir ao bar virou "butecar" e lá agora temos "lascas", "reduções", "camas de rúcula", *"confit"*, "toques cítricos" e outros salamaleques semânticos, que os velhos frequentadores de biroscas jamais saberão do que se trata.

Sedimentei a alma nas miudezas, alumbrada pelos contornos da cidade e regada pelas ampolas geladas feito cu de foca. Sinto-me hoje tão distante das mesuras elegantes dos sofisticados quanto um pinguim pode se sentir distante do verão de Teresina. Estou longe das arenas em que celebridades desfilam sob o pretexto de jogar bola.

Os textos deste livro passam ao largo da análise sociológica ou do rigor histórico. Eles foram escritos com a duvidosa categoria de um peladeiro convicto que mais tomou frangos do que fez golaços. A irrelevância do futebol das várzeas, a comovente ruindade dos perebas, a epopeia silenciosa dos derrotados, dos fracassados, dos frangueiros, dos frequentadores das arquibancadas precárias de madeira e cimento, traçam certo painel afetuoso sobre um Brasil que me interessa.

Várzeas são terrenos junto aos rios. Tudo indica que a expressão "futebol de várzea" surgiu em São Paulo, em campos que ficavam às margens do Rio Tietê. Para efeito deste livro, a várzea é qualquer terreno – do campinho de terra ao estádio famoso – onde o futebol inventa, margeando modestos ribeirões, a vida.

A minha pátria é um gole de cerveja para comemorar um gol sem importância, coisa capaz de aconchegar um homem na sua aldeia quando tudo mais lhe parece vertigem de um mundo desencantado.

SUMÁRIO

9   Ode a Mauro Shampoo

12   Um timaço dos bons tempos

16   A maior epopeia da história

19   A paixão de Leônidas da Selva

22   Passarinho do Brasil

25   A metafísica do frango

28   A Bolívia Querida

31   Chama Francisco Carregal

34   O Tigre de São Jorge dos Ilhéus

37   O tricolor de Mossoró

39   O alecrim de Café e de Mané

42   O Verdão do Cariri

45   O fantasma das Alagoas

48   O rolo compressor

52   Quantos somos? Treze!

55   São Cristóvão

57   Tuna, Tuna, Tuna!

60   O Papão da Curuzu

63	O demolidor de campeões
65	Arriba, Jabuca!
68	Juca Baleia
71	Futebol e caldo de cana
74	O artilheiro, o coveiro e o *sheik*
77	A voz do Bangu
79	O tremendão da Aerolândia
81	A Patativa do Agreste
84	Mário Vianna
87	A paixão de Cidinho Bola Nossa
90	Botão e Preguinho: brincando de futebol
93	O sorvete que eu não tomei
95	A cidade era o Maracanã
98	Os Dez Mandamentos

ODE A MAURO SHAMPOO

MAURO SHAMPOO FOI UM MENINO POBRE que cresceu trabalhando como engraxate na praia de Boa Viagem, no Recife, onde nos fins de tarde jogava peladas na areia. Ainda moleque, aprendeu o ofício de cabeleireiro, que até hoje lhe garante um sustento digno. A grande paixão de Mauro Shampoo sempre foi, porém, o futebol.

Correndo atrás da verdadeira vocação, Shampoo viveu a grande aventura: jogou durante dez anos no time de seu coração, o Íbis Sport Club, reconhecido pelo *Guinness* como a pior equipe do mundo em todos os tempos. A epopeia de derrotas do Íbis começou no dia 15 de novembro de 1938, quando foi criado como equipe de futebol da fábrica Tecelagem de Seda e Algodão, de Pernambuco. Graças ao abnegado gerente da empresa, Onildo Ramos, o time da fábrica se transformou num clube profissional, adotou a ave sagrada do Egito — Íbis — como símbolo, foi o time pelo qual torceu Miguel Arraes e teve em Mauro Shampoo o maior ídolo de sua história.

As estatísticas sobre o Íbis são imprecisas. Um levantamento feito em 2005 apontava 1.064 jogos, com 137 vitórias, 145 empates e 782 derrotas. O saldo negativo era, então, de 2.221 gols. Entre 1980 e 1984, com Shampoo no ataque, o time não conquistou nenhuma vitória. No Campeonato Pernambucano de 1983 foram inéditos 23 jogos e 23 derrotas.

Durante os dez anos em que foi o centroavante titular do Íbis, nosso herói marcou um único gol, em um jogo em que seu time saiu na frente do Ferroviário do Recife, sofreu a virada e perdeu por implacáveis 8 a 1.

Pra mim, esse gol isolado de Mauro Shampoo tem, para a história do futebol, uma dimensão lendária comparável ao milésimo gol de Pelé. Dez anos de carreira jogando no ataque e marcando um mísero tento, cristalino, legítimo, épico, que concentrou em um instante isolado toda a paixão que a bola pode despertar. Logo após marcar o gol, Shampoo declarou ter realizado a obra de sua vida e concretizado seu maior sonho. Ele é, por isso, um sujeito que atingiu a plenitude.

Dizem os que testemunharam o feito histórico que nunca na história do futebol um gol foi comemorado com a euforia do tento de Mauro Shampoo. A vibração do centroavante e da equipe foi tanta que fez a comemoração do gol de Jairzinho, no lendário Brasil e Inglaterra da Copa de 1970, parecer algo tão vibrante quanto uma procissão de Corpus Christi no interior de Minas Gerais.

Além de ter sido o maior jogador da história do Íbis, Shampoo virou também ator cinematográfico, no curta metragem *Mauro Shampoo, jogador, cabeleireiro e homem*, de Paulo Henrique Fontenelle e Leonardo Cunha Lima. O título, aliás, reproduz a maneira como o próprio personagem se define.

Para conhecer a lenda, basta ir a Recife e dar um pulinho em seu salão, cujo ambiente é decorado com mais de 500 fotos do Íbis. Ao contrário dos cabeleireiros tradicionais, no salão de Mauro Shampoo, o assunto sempre é o futebol.

Para completar a história, o filho do homem se chama simplesmente Homed Thorpe e jogou também no Íbis como centroavante. Seu maior ídolo é o pai.

O brasileiro Mauro Shampoo, centroavante de um gol, é um homem feliz.

UM TIMAÇO DOS BONS TEMPOS

UM DOS MAIORES TIMES DE FUTEBOL QUE VI ATUAR nas quatro linhas foi o do Vila de Cava F. C., glorioso clube de várzea que marcou Nova Iguaçu e arredores no início dos anos 1980. A popularidade do Vila foi tamanha que a equipe chegou mesmo a fazer uma excursão internacional — assim foi anunciada a viagem — pelo interior do Espírito Santo.

Recito até hoje, como quem declama um Camões, um Bandeira, a escalação dos sonhos dos onze varzeanos: Elizângela; Camunga, Carlinhos Nem Fudendo, Mão Branca e Tornado; Jorge Macaco, Capiroto e Corno Manso; Curupira, Abecedário e Aderaldo Miquimba.

Tenho mais saudades ainda do Vila, o "Terror da Baixada", quando observo algumas situações do futebol atual que estão transformando o violento esporte bretão em coisa de celebridades de ocasião. Exemplifico.

Jogador de futebol que se preza não pode entrar em campo com gel no cabelo, sobrancelha feita, sovaco depilado, creme de proteção facial, brinco de ouro, protetor labial e outros salamaleques típicos das antigas garotas da Socila, uma escola que ensinava etiqueta para damas. O técnico do Vila de Cava, o popular Zezé Macumba, instruía os zagueiros, por exemplo, a parar de escovar os dentes uns três dias antes de um jogo importante. A sentença de Macumba era definitiva: zagueiro tem que ter mau hálito para intimidar o atacante. O negócio é chegar junto com um bafo de onça — beque tem que ter futum de carniça e ponto final. Tem que feder feito presunto desovado.

Tenho boas saudades, também, dos tempos em que jogador de futebol era conhecido pelo apelido. Estamos agora, em tempos de futebol globalizado, sob a ditadura do nome e sobrenome. Já pensando em futura carreira no exterior, o garoto passa a ser chamado, desde o infantil, de Robson Marques, Wellington Souza, Krischna Santos, Wanderklei Rocha, Daniel Silva, Carlos Alberto de Oliveira Porto e o escambau.

No Vila de Cava, todo mundo tinha apelido. Havia, até, o apelido do apelido, como é o caso do lateral direito Camunga. Não sei como o sujeito se chamava, mas o apelido era Camundongo — o bicho era branquelo e magricela feito um rato novo. Para virar Camunga foi um pulo.

Sei a razão de algumas alcunhas. Mão Branca era uma referência a um temível chefe do esquadrão da morte da Baixada Fluminense. Em virtude da maneira um pouco ríspida de chegar nos adversários, o zagueiro do Vila passou a ser chamado dessa maneira.

Tornado, o lateral esquerdo, não era conhecido assim em referência ao fenômeno da natureza. O cabra era na verdade os cornos do cantor Toni Tornado, incluindo uma impressionante cabeleira *black power* de uns dois metros de altura.

Jorge Macaco era mesmo pretíssimo, quase azulão, enquanto Capiroto — um cracaço — era mais feio que a fome no sertão (*apud* Manoelzinho Motta, uma espécie de assistente técnico do time). Abecedário, um centroavante técnico e com monumental domínio da redonda, era rigorosamente analfabeto, de não saber assinar o nome. Dos demais, não me lembro das razões para as alcunhas.

Ou melhor, sei de mais um. Elizângela, o goleiro, na verdade se chamava Valter. Ou Valdir, não me lembro direito. Ao deixar o cabelo crescer uma época, ficou a cara da atriz Elizângela. Nunca mais se livrou da sacanagem, e acabou levando a coisa na esportiva.

O estrategista Seu Zezé Macumba, inclusive, gostava de escalar jogadores feios, eu diria até horrorosos, vendo aí mais uma maneira de mostrar aos adversários que berimbau não é gaita. Citava sempre o exemplo do cabeça de área Merica, que chegou a ser titular do Flamengo nos anos 1970, como o dono da melhor expressão facial do mundo para atuar na posição. Merica, diga-se, era assombroso. Macumba insistia na ideia de que Merica jogava exclusivamente por causa de seu feiúme agressivo e intimidador.

Por fim, registro que a camisa do Vila era da maior responsabilidade. Verde e preta com o escudo altaneiro na altura do coração e o número costurado. Hoje em dia, o que menos se enxerga numa camisa de clube é o escudo — e tome propaganda na frente, atrás, nas mangas e onde mais houver espaço. Tem camisa oficial de muito clube de tradição que se parece mais com macacão de piloto de corridas, com cinquenta e tantos patrocinadores, incluindo marca de leite em pó, posto de gasolina, puteiro de rico, supositório e agência funerária.

O pior de tudo isso é que o Vila de Cava já foi oló. Acabou, como aliás está praticamente extinto no Rio de Janeiro o futebol de várzea, um celeiro de craques da maior responsabilidade. Eu, que vi muito futebol comendo solto nos fins de semana em Nova Iguaçu e nos campeonatos de pelada do Aterro do Flamengo, digo, afirmo e faço fé: tem muito Zé Ruela com pinta de mocinha fazendo sucesso e ganhando os tubos no exterior que, naquele timaço varzeano, ia ter que cortar um dobrado pra esquentar o banco, de preferência torcendo pra não entrar. E olhe lá.

A MAIOR EPOPEIA DA HISTÓRIA

CERTA FEITA UM ALUNO ME PERGUNTOU em sala de aula — sou professor de História — sobre qual teria sido a maior epopeia da história humana. Dentre as aventuras cotadas, temos a expansão do império de Alexandre Magno, a marcha da Coluna Prestes, a construção das pirâmides do Egito, as grandes navegações, as aventuras de Gengis Khan, as guerras de Napoleão, a chegada do homem à lua, a construção da muralha da China e outros babados. Pensei um pouco em todos esses fatos e emiti minha opinião:

— A maior epopeia de todos os tempos foi uma excursão que o time de futebol do Santa Cruz de Recife fez aos confins da Amazônia em 1943.

A épica excursão do Santa já se iniciou com um detalhe impressionante: a viagem teve que começar na escuridão da noite, já que a Segunda Guerra Mundial pegava fogo e submarinos nazistas rondavam a costa brasileira afundando navios. A embarcação que levava a equipe tinha que navegar às escuras e com escolta da Marinha de Guerra.

Depois de alguns jogos em Belém, com vitória sobre a Tuna Luso, empate com o Paysandu e derrota para o

Remo, o elenco prosseguiu viagem em direção a Manaus, de carona em um navio-gaiola que subia o Rio Amazonas rebocando um batelão que levava alimentos ao Acre.

O trajeto até Manaus durou simplesmente quinze dias, com direito a três dias em que a embarcação não pôde seguir por um motivo muito simples: índios armados de bordunas, tacapes e zarabatanas sequestraram o grupo para pegar os alimentos.

Resolvido o entrevero com os índios, a equipe finalmente chegou à capital do Amazonas. Depois de uma derrota para o Olímpico (3 a 2) e uma vitória sobre o Nacional (6 a 1), o chefe da delegação, Aristófanes de Andrade, e seis jogadores foram atacados por uma infecção intestinal acompanhada de um piriri digno da pororoca. Ainda assim, e com a presença de alguns heróis que literalmente se borravam em campo, o Santa se despediu de Manaus metendo 3 a 1 no Rio Negro.

Durante a descida do Rio Amazonas, o goleiro King e o centroavante Papeira pioraram da disenteria e receberam o diagnóstico: febre tifoide. De volta a Belém, e mesmo com a doença passando o rodo no grupo, o time derrotou o Remo (4 a 2). O goleiro King morreu quarenta e oito horas depois do jogo e foi enterrado por lá mesmo. Três dias depois da morte de King, foi Papeira que cantou pra subir.

Sem ter como voltar a Pernambuco, a delegação ainda ficou vinte e tantos dias perdida no Pará. O saldo era brabo: dois defuntos e muitos com febre tifoide e boas chances de conseguir uma vaguinha no Nosso Lar Futebol Clube. Quando finalmente conseguiram transporte em uma embarcação para o Recife, com parada de quatro dias em São Luís, os jogadores tiveram que se contentar, sem um tostão furado, em embarcar na terceira classe, ao lado de trinta e cinco homicidas que a polícia paraense resolvera deportar para o Maranhão.

Durante os quatro dias de parada no Maranhão, para conseguir levantar algum dinheiro, o time realizou três amistosos. Com metade dos jogadores se recuperando do tifo e o goleiro titular e o centroavante mortos, até o cozinheiro e o massagista tiveram que entrar em campo para compor o elenco.

Pensam que acabou? Claro que não. Perto do Ceará, o comandante do navio recebeu a notícia de que havia submarinos alemães na área. O navio retornou ao Maranhão e os jogadores resolveram voltar a Pernambuco por terra. Pegaram carona em um trem de carga até Teresina, onde o time jogou mais amistosos em troca de comida e um jogador foi esfaqueado após uma confusão na zona do meretrício local. De lá conseguiram embarcar em um ônibus até Fortaleza. Do Ceará, finalmente, deram um jeito de voltar a Pernambuco.

O furdunço todo durou exatos três meses, com vinte e oito partidas disputadas e a constatação de que, entre mortos e feridos, não se salvaram todos.

Que me desculpem Alexandre, Gengis Khan, Napoleão, Cristóvão Colombo e outros mais. Perto da epopeia do Santa Cruz na Amazônia, seus grandes feitos guardam a mesma dramaticidade de um piquenique na Ilha de Paquetá, com direito a passeio de pedalinho nas águas da Guanabara.

A PAIXÃO DE LEÔNIDAS DA SELVA

O AMERICA FUTEBOL CLUBE TINHA UM TIMAÇO em 1955: Pompéia, Rubens e Edson; Ivan, Oswaldinho e Hélio; Canário, Romeiro, Leônidas, Alarcon e Ferreira. Um esquadrão que perdeu o Campeonato Carioca daquele ano para o Flamengo numa melhor de três.

No primeiro jogo, 1 a 0 para os rubro-negros; no segundo jogo, deu Mequinha: 5 a 1. Na *negra*, o Flamengo venceu por 4 a 1 em um jogo em que a dupla de zaga da Gávea, Tomires e Pavão, bateu o recorde mundial de faltas violentas em um único prélio, transformando o Maracanã em um circo romano.

Tomires era uma espécie de jagunço da grande área — batia mais que pau de dar em doido. Quebrou a perna do melhor jogador do America, o argentino Alarcon, logo no início do jogo e liquidou com as pretensões do time. Pavão, o comparsa de Tomires na zaga, era conhecido pelo delicado apelido de Copa-Norte (uma empresa de ônibus da época conhecida pelos motoristas doidos que dirigiam seus carros, invariavelmente causando acidentes e atropelando pedestres). Tomires e Pavão estão para o futebol como Lampião e Corisco para a história do cangaço.

Falei desse time do America para, na verdade, mencionar um jogador que vestiu a camisa rubra naquele ano, o atacante Leônidas. Não me refiro ao grande Leônidas da Silva. O do America era conhecido como Leônidas da Selva (ideia do jornalista Sandro Moreira, para não confundir o atacante americano com o Diamante Negro).

Atacante rompedor, grosso pra dedéu, Leônidas da Selva era famoso por um inusitado pedido que, vez por outra, fazia aos companheiros de equipe: o homem não gostava de receber passes milimétricos, já que tinha medo de se atrapalhar com a pelota. Preferia as bolas divididas, mais afeitas ao seu físico de jamanta.

Convocado pelo técnico Flávio Costa para o escrete em 1956, Leônidas estreou com a canarinho em um jogo contra o Paraguai. Recebeu no primeiro tempo cinco ou seis lançamentos primorosos de Zizinho, daqueles no estilo mamão com açúcar. O da Selva perdeu todos os gols de formas inacreditáveis.

Nervosíssimo, implorou no intervalo a Zizinho que não fizesse mais aquela maldade. Quase chorando, falou ao mestre:

— Não adianta, Seu Zizinho. Não dá a bola assim que eu não sei o que fazer. Prefiro que o senhor mande as bolas mais para os beques, eu vou lá e divido com eles.

Uma vez, bebendo chope em um posto de gasolina em Casimiro de Abreu, durante um evento cultural na cidade sobre samba e futebol, perguntei ao grande Zizinho sobre a veracidade dessa história. O mestre confirmou e ainda disse que Leônidas acabou de fato marcando um gol de rompedor naquele jogo, trombando com os zagueiros e mandando a criança para as redes.

Leônidas da Selva entrou definitivamente para a história do esporte bretão como inventor da bicicleta plantando bananeira (da mesma forma que a bicicleta clássica consagrou Leônidas da Silva).

Dizem os cabeças brancas que, numa excursão do America pela Turquia, Leônidas da Selva tentou alcançar um cruzamento, tropeçou sozinho e, para não se esborrachar no chão, plantou uma bananeira. Acertou, por incrível que pareça, a bola com o calcanhar e fez um golaço-aço-aço. Saiu consagrado.

PASSARINHO DO BRASIL

UMA DAS COISAS QUE MAIS ME FASCINAM NO BRASIL — e que desconfio estar sendo solapada pela supremacia desencantada do futebol-empresa — é a impressionante capacidade que o povo brasileiro teve de se apropriar do jogo europeu, o tal do violento esporte bretão, e lidar com ele não como simulacro, mas como reinvenção. Este talvez seja o traço distintivo mais importante de certo modo de ser brasileiro: a capacidade crioula de apropriação de complexos culturais estranhos e o poder de redefini-los como elementos originais. "Coisas nossas", como disse o menino Noel Rosa.

Não consigo pensar, em suma, o Brasil sem refletir sobre o futebol e a criação de um modo brasileiro de jogar bola completamente diferente do jogo inventado pelos britânicos. Isso vale para a música, a dança, a culinária, as formas de amar, sofrer, chorar, enterrar os mortos e celebrar a vida. Amamos, dançamos, morremos, choramos, celebramos, comemos e tomamos cachaça, enfim, da mesma forma como gostamos, um dia, de jogar bola.

Digo isso e penso, imediatamente, na figura maior de um craque que, infelizmente, não tive a oportunidade de ver nos gramados. Falo de Geraldo Assoviador, meio-campista do Flamengo de meados da década de 1970. Eu era bem menino, doido pela bola, e ouvia impressionado meu avô contar sobre uma mania que Geraldo tinha durante as partidas: a de assoviar enquanto realizava as jogadas mais inusitadas em campo.

Esse hábito de jogar assoviando deu a Geraldo a fama de irresponsável, irreverente, descompromissado, chupa-sangue e outras baboseiras do gênero. Queriam que o Geraldo, mineiro de Barão de Cocais, se comportasse como um respeitável centromédio europeu, de cenho franzido e olhar de touro brabo, uma espécie de candidato a meia-direita da seleção da Escócia. Mas Geraldo era brasileiro.

Não percebiam os senhores críticos que Geraldo jogava bola com a mesma naturalidade com que cruzava uma esquina, comia um tutu com torresmo ou tomava uma abrideira para chamar o apetite. Geraldo jogava como vivia — ou vivia como jogava, sei lá. Já cansei de sonhar com uma cena (será que ocorreu?) que é a seguinte: durante um clássico no Maracanã, estádio lotado, uma pipa cai no meio do campo; Geraldo captura, com jeito moleque, o papagaio e começa a empiná-lo, enquanto dribla os adversários e assovia em direção ao gol.

Lembro-me, impressionadíssimo, quando, na tarde de 26 de agosto de 1976, recebi a notícia de que Geraldo, o craque que assoviava, tinha acabado de morrer, aos 22 anos de idade, em consequência de uma parada cardíaca sofrida durante uma operação de amígdalas. Quero crer que aquela foi a primeira notícia de morte que recebi, muito menino ainda, na minha vida. Nunca mais esqueci. Meu avô, chorando copiosamente, repetia apenas:

— Cracaço! Cracaço! Que pena. Você, que gosta tanto de futebol, não viu esse garoto jogar.

Muito tempo depois dessa sacanagem da vida, eu estava no terreiro de minha avó — sou neto de uma mãe de santo — para participar de uma festa em homenagem a Ogum, o orixá dos metais e da guerra. Eu tocava o *lumpi*, um dos atabaques sagrados. Durante a festança, com o coro comendo solto, Exu tomou o corpo de um *yaô* para participar da alegria de Ogum, seu dileto irmão. Imediatamente, para se fazer reconhecido na terra, Exu gingou como exímio capoeirista e deu o seu *ilá* — o som que o orixá emite quando sai do *Orum*, o país do mistério, e vem ao *Ayê*, o nosso mundo, para comungar com os homens.

O *ilá* de Exu, meus camaradas, era um assovio longo e afinado, como quem silva para chamar o vento e enfeitiçar o mundo com a precisão do passe.

Quem disse que eu não vi Geraldo em campo?

A METAFÍSICA DO FRANGO

ALBERT CAMUS DISSE, CERTA VEZ, que nada o ensinou mais na vida do que a experiência de ter sido goleiro. Arrematou a reflexão com célebre sentença: *"O que eu finalmente mais sei sobre a moral e as obrigações do homem devo ao futebol"*. Vladimir Nabokov, por sua vez, definiu o arqueiro como a águia solitária, o homem misterioso, o último defensor.

O grande Gilmar dos Santos Neves, goleiro do escrete canarinho campeão das Copas do Mundo de 1958 e 1962, considerava que um dos atributos para a formação de um bom goleiro era tomar pelo menos um frango inacreditável, de deixar as penosas soltas no ar por um bom tempo.

Marcos Carneiro de Mendonça, o Fitinha Roxa, que defendeu o Fluminense e foi o primeiro arqueiro da seleção brasileira — campeão da Copa Roca de 1914 e dos Sul-Americanos de 1919 e 1922 —, se gabou durante anos de nunca ter falhado. Um dia, feito filósofo cartesiano na grande área do improvável, experimentou o frango.

Marcos acreditava numa tal de teoria da cobertura dos ângulos, receita infalível para evitar gols. Com toda a teoria a lhe garantir a segurança debaixo da baliza, foi traído pela soberba em um jogo entre o Fluminense e o Vila Isabel. Em certa altura da peleja, que ia morna, o zagueiro Chico Netto atrasou a bola; o *keeper* se abaixou desatento e deixou a criança passar por entre os dedos. Foi o gol que deu a vitória ao Vila e impediu o tricolor de ganhar invicto o título de 1918.

Waldir Peres tomou um frango de tragédia grega na Copa do Mundo de 1982, na vitória do Brasil contra a União Soviética. Um atacante soviético arriscou um chute da intermediária. Peteleco inofensivo. Waldir preparou-se para a defesa com a confiança de um jovem operador do mercado financeiro. Esqueceu-se apenas da bola, que passou caprichosa, feito a mulher faceira e inatingível, ao lado do seu corpo. Mais do que um frango, uma granja inteira.

E o que dizer de Moacir Barbosa, que morreu como o homem mais injustiçado do Brasil? Barbosa, o gigante, está na história como o frangueiro do frango que nem sabemos se frango foi. Condenado em vida, viu o mundo ignorar suas defesas milagrosas e lembrar apenas do gol de duzentos mil silêncios.

Pois eu digo que o frango é a redenção do futebol e a metáfora mais poderosa das coisas da vida. É a antítese do "*Eu sou foda!*", que tantos boleiros andam a vociferar na comemoração de um gol. É a mais acabada demonstração de que o homem pode falhar sob o peso desgastante da batalha.

O frango é a prova de que debaixo das traves não está a máquina, mas o homem humano, aquele da travessia, que não sabe bem se os deuses e os diabos ouviram seu chamado solitário na noite grande. O sertão, lugar de todos os desafios, é a pequena área.

É ele — tragédia do goleiro — a mais bela demonstração estética da fraqueza humana. Certos frangaços deveriam estar expostos em fotos, vídeos e pinturas, nos museus, praças e ruas, a nos lembrar: somos falíveis, camaradas. Pedagogia de bola e gol.

Memento mori — lembra-te que és mortal. A saudação entre os trapistas cristãos deveria ser o mote maior do grande goleiro. Todo Marcos Carneiro de Mendonça, monumento ao homem infalível, deveria ter ao seu lado um zagueiro que, a cada defesa, cochicharia:

— És apenas um mortal. Vem aí o próximo chute, e outro, e outro...

É por isso que, dado a engolir uns gols inacreditáveis de quando em vez, execro os que ficam gritando que são fodas, derramando pelos gramados suas felicidades virtuais, e elevo essa prece pagã a todos os goleiros da história do futebol que tenham, entre prodígios debaixo das traves, tomado seus frangos.

É redentor que cada homem, ao menos uma vez na vida, tenha a plena consciência de sua humanidade e grite aos Maracanãs lotados de paixão e mundo:

— Eu sou um fodido!

São eles que entrarão no reino dos céus, onde certamente haverá grama verde, traves, chuteiras, luvas e bolas.

A BOLÍVIA QUERIDA

SOU UM SIMPATIZANTE DECLARADO do Sampaio Corrêa Futebol Clube, o clube de maior torcida do Maranhão. Já começo achando o nome do time interessantíssimo. Sampaio Corrêa II era o nome de um hidroavião que aportou em São Luís no final de 1922, comandado pelo brasileiro Pinto Martins e pelo norte-americano Walter Hinton. A dupla tentava concluir a primeira ligação aérea entre as Americas, dos EUA ao Brasil. Não faço a menor ideia do que ocorreu na viagem, e nem pretendo descobrir. Basta saber que o hidroavião batizou o clube de futebol e as cores dos uniformes dos pilotos foram adotadas pelo time.

Sou um fascinado, por exemplo, pela escalação do primeiro time da história do grande Sampaio. Experimentem recitar os nomes dos jogadores que, em 1925, enfrentaram e venceram o Luso Brasileiro, campeão maranhense de 1924. Quero crer que a sonoridade obtida por essa escalação é digna de um alexandrino de boa cepa: Rato; Zé Novais e João Ferreira; Rui Bride, Chico Bola e Raiol; Turrubinga, Mundiquinho, Zezico, Lobo e João Macaco.

Esse ataque (repito com prazer: Turrubinga, Mundiquinho, Zezinho, Lobo e João Macaco) é coisa séria! Me lembra o esquadrão do Vila de Cava F. C. que, nos anos 1980, contava com Capiroto, Curupira, Corno Manso, Abecedário e Aderaldo; uma linha de frente que marcou época nos campeonatos amadores de Nova Iguaçu.

Além das razões citadas, o Sampaio também merece meu apreço por representar algumas coisas que escapam dessa praga do futebol atual, em que só se fala de gestão empresarial, clube-empresa, jogador celebridade, futebol enquanto produto e quejandos. O clube maranhense é, por exemplo, conhecido, em virtude de suas cores, pelo apelido carinhoso de "Bolívia Querida". Imaginem o potencial mercadológico disso: nenhum, evidentemente.

Outro fato dignifica o Sampaio. Um dos maiores ídolos da história do clube foi o lendário goleiro Juca Baleia, que jogou no tricolor entre as décadas de 1980 e 1990. Com cerca de 150 quilos, Juca Baleia era, ao lado do cantor Nelson Ned, a pessoa menos indicada do mundo para ser goleiro de futebol. Acabou se consagrando como um arqueiro imponente, de milagrosa agilidade, conhecido pelos epítetos de Moby Dick e Baleia Voadora.

É de um jogador do Sampaio o recorde de gols numa partida no Brasil. Em 1939, no jogo em que o clube derrotou o Santos Dumont por 20 a 0, o atacante Mascote fez dez gols. O resultado representou a extinção, ainda no gramado, do time que homenageava o inventor do avião. É justo lembrar que o recorde de Mascote foi igualado por Caio Mário (CSA 22 x 0 Maceió, pelo certame alagoano de 1944) e pelo Dario Peito de Aço, o Dadá Maravilha (Sport 14 x 0 Santo Amaro, pelo Campeonato Pernambucano de 1976).

É por tudo isso que eu tenho pelo Sampaio Corrêa tremendo carinho e formo fileiras com a sua imensa e apaixonada torcida. Avante, Bolívia Querida!

CHAMA FRANCISCO CARREGAL

O THE BANGU ATHLETIC CLUB, um dos clubes de futebol pioneiros na prática do esporte no Brasil, foi fundado em 1904 por ingleses que trabalhavam na Companhia Progresso Industrial do Brasil, a fábrica de tecidos do bairro. Possuía no início, assim como o Paissandu Cricket Club e o Rio Cricket and Athletic Club (esse, de Niterói), jogadores majoritariamente ingleses em seus quadros.

Em 1905, o time do Bangu era formado por cinco ingleses (Frederick Jacques, John Stark, Willian Hellowell, W. Procter e James Hartley), três italianos (César Bocchialini, Dante Delloco e Segundo Maffeo), dois portugueses (Francisco de Barros, modesto guarda da fábrica conhecido como Chico Porteiro, e Justino Fortes) e um brasileiro (o operário negro Francisco Carregal).

O jornalista Mário Filho, autor do imprescindível *O negro no futebol brasileiro*, verificou um detalhe significativo na foto daquela equipe banguense: dos onze jogadores, o mais bem vestido era exatamente Francisco Carregal.

O fato é que Carregal foi um pioneiro na história do futebol do Rio de Janeiro. Não há referência anterior a ele de um negro e operário — Carregal era tecelão da fábrica — praticando o violento e então elitista esporte bretão em terras cariocas. Cercado de estrangeiros, todos eles brancos, Carregal caprichava na beca para diminuir o impacto de sua condição como praticante de um esporte de almofadinhas, fato compreensível naquelas primeiras décadas pós-abolição. Era feito Paulo da Portela, que dizia que o sambista, para impor respeito, tinha que ter o pescoço e os pés cobertos.

Alguns meses depois de sua fundação, o Bangu colocava, sem restrições, operários e negros no time, misturados aos mestres ingleses. Enquanto o Fluminense e o Botafogo não concebiam isso à época, a equipe banguense abria suas portas para outros jogadores como Carregal, a exemplo do goleiro Manuel Maia, um *goalkeeper*, segundo Mário Filho, crioulo retinto.

Foi também o time da fábrica que aboliu a distinção entre os torcedores nos estádios. Na maioria dos campos, os pobres ou mal ajambrados não podiam assistir aos jogos nas arquibancadas, espaço reservado aos distintos chefes de família, aos jovens promissores e às raparigas em flor. Ao poviléu cabia um espaço separado, logo chamado de geral, que distinguia, segundo um jornal do início do século, a plateia dos espetáculos — sempre bem trajada e ocupando o espaço nobre no *field* — do torcedor comum. O Bangu cometeu, desde o início, a bendita ousadia de não compartimentar o público de seus jogos em espaços separados.

Independentemente de análises sociológicas que não interessam a este espaço, resgatar um pouco essa trajetória do Bangu serve também para quebrar o mito de que o primeiro clube carioca a aceitar negros e operários foi, na década de 1920, o Vasco da Gama. O time da cruz de malta foi, e é fato incontestável e para sempre louvável, o primeiro dos quatro grandes do Rio a aceitar em seus quadros os negros e operários. Clubes ditos pequenos, porém, faziam isso desde o início do século XX, como é o caso do pioneiro Bangu de Francisco Carregal e dos times suburbanos do Esperança e do Brasil.

Chama Francisco Carregal!

O TIGRE DE SÃO JORGE DOS ILHÉUS

EM 1948, O BRASIL VIVIA A EXPECTATIVA de sediar a Copa do Mundo de Futebol de 1950. O presidente era o Marechal Eurico Gaspar Dutra, mas havia boatos de que Getúlio Vargas estava se preparando para voltar ao cenário político de forma espetacular. O país, em breve, botaria o retrato do velho outra vez na parede.

Aquele ano de 1948, na opinião deste escriba, foi mundialmente marcado por três eventos da maior importância: a morte, na Índia, do líder pacifista Mahatma Gandhi (que, como todo líder pacifista que se preze, morreu de forma violenta, assassinado por um fanático); a aprovação da Declaração Universal dos Direitos Humanos pela Assembleia Geral da ONU; e a fundação, em São Jorge dos Ilhéus, na Bahia, do Colo-Colo de Futebol e Regatas, o popular "Tigrão".

Como a Índia virou até tema de novela da Globo e a Declaração dos Direitos Humanos infelizmente parece mais peça de ficção, estou convencido de que o fato mais importante do mundo naquele ano foi mesmo a criação do time de Ilhéus.

O Colo-Colo foi fundado com uma nobre finalidade: disputar a Semana Inglesa, um torneio promovido pelo sindicato dos comerciantes ilheenses que costumava lotar aos sábados o estádio Mário Pessoa, conhecido à época como o "Colosso da Terra do Cacau".

O fundador e primeiro presidente do clube, Airton Adami, era fascinado — e sei lá eu a razão — pelo time de futebol chileno do Colo-Colo. Depois de alguns argumentos contrários de outros fundadores, prevaleceu a admiração do presidente e o nome do time acabou mesmo sendo uma homenagem ao clube do Chile.

O primeiro uniforme e a escolha das cores do Colo-Colo têm uma origem curiosa. Um dos fundadores do novo clube, José Haroldo Vieira, era fã do futebol argentino. Meio encafifado com a homenagem a um time do Chile, torrou o dinheiro que tinha e o que não tinha numa passagem aérea, resolveu dar um pulinho na Argentina e comprou em Buenos Aires um jogo de uniformes do Boca Juniors para presentear a agremiação. Tudo bem que o nome homenageasse uma equipe chilena, mas o uniforme tinha que ser o do Boca.

A coisa acabou mesmo em pizza (de chocolate feita com cacau do sul da Bahia): o time é de Ilhéus, tem nome de equipe chilena e joga com as cores do Boca Juniors, o azul e o amarelo.

O Colo-Colo tem uma história gloriosa: foi o campeão ilheense de 1953; tetracampeão amador da cidade (de 1958 a 1961); campeão da segunda divisão profissional da Bahia em 1999; e — conquista das conquistas — campeão baiano da primeira divisão em 2006, quebrando a hegemonia da dupla Bahia e Vitória.

Em mais de cem anos de história do Campeonato Baiano, aliás, só dois clubes de fora da capital conseguiram triunfar: o Colo-Colo e o Fluminense de Feira de Santana, campeão do certame de 1969.

Terminarei estas mal traçadas com uma confissão, feito declaração de amor do turco Nacib para Gabriela, com cheiro de cravo e cor de canela. Acho o hino do Colo-Colo de Ilhéus, a Marcha do Tigre, um dos mais bonitos do Brasil:

> Meu querido Colo-Colo,
> tua raça conquistou o meu amor,
> expressão mais verdadeira
> da profunda beleza de São Jorge dos Ilhéus.
> Nos mares competindo,
> nos gramados da Bahia,
> tu és o campeão.
> Colo-Colo, tu és o mais querido,
> tuas cores reluzem em meu coração.
> Colo-Colo, grita o povo na avenida,
> azul e amarelo a minha paixão.
> Colo-Colo, eu grito!
> Colo-Colo, meu tigre!
> Faço o céu e a terra,
> Tu és o campeão!

O TRICOLOR DE MOSSORÓ

OS ÍNDIOS MOSSORÓ, DA TRIBO CARIRI, viviam no século XVIII às margens do Rio Apodi, no interior do Rio Grande do Norte. Fisicamente fortes, eram bons caçadores, atacavam o gado trazido pelos colonizadores para a região e enchiam o bucho de carne assada ou chamuscada. Gostavam de dormir no chão, desprezando a rede de algodão e a esteira, que lhes parecia coisa de frescos. Os homens passavam os dias caçando, pescando e colhendo mel de abelhas. As mulheres eram oleiras, plantavam e faziam a colheita.

O chefe da tribo recebia a denominação de Baraúna — cabia a ele o comando das festas que duravam enquanto durasse a lua nova. Bebia, o cacique Baraúna, quantidades monumentais de vinho feito com frutos e raízes. Só podia tomar decisões importantes e reconhecidas pela comunidade se estivesse inteiramente de porre.

Pois bem, amizades, no local onde em mil setecentos e varadas habitavam os índios, surgiu a cidade de Mossoró, hoje a maior do interior do Rio Grande do Norte.

Em 1924 — ano em que os levantes tenentistas viravam o Brasil de cabeça pra baixo —, alguns boêmios de

Mossoró resolveram fazer algo mais importante do que marchar na Coluna Prestes contra o poder das oligarquias. Fundaram um bloco carnavalesco em que todo mundo se esbaldava no carnaval com fantasias de índios. O nome do bloco: Baraúnas. Foi desse bloco que surgiu, em 14 de janeiro de 1960, o time de futebol da Associação Cultural Esporte Clube Baraúnas, o tricolor de Mossoró.

Em sua trajetória de glórias, o Baraúnas ganhou o disputadíssimo Campeonato Mossoroense em cinco ocasiões (1961, 1962, 1963, 1967 e 1977); foi campeão potiguar em 2006; e bicampeão da Copa Rio Grande do Norte (2004 e 2007).

Na Copa do Brasil de 2005, sob a liderança do centroavante rompedor Cícero Ramalho (perto de quem Ronaldo Fenômeno, no auge da má forma, parecia uma Olívia Palito), o Baraúnas desclassificou o Vasco da Gama em plena colina de São Januário — 3 a 0 inapeláveis, numa exibição de gala que fez até o busto do Almirante abrir a boca de espanto.

Os fãs do futebol sabem que falo sério. Acho que poucos clássicos na história do desporto mundial podem se comparar, em charme e rivalidade, ao Potiguar *versus* Baraúnas, o dérbi da cidade de Mossoró. Em dia de PotiBa, até as almas dos velhos guerreiros Cariri acordam do sono profundo nas águas do Rio Apodi e rondam, serelepes, a cancha da partida. Se o jogo é em noite de lua nova, tempo de fuzuê, tome quizumba na aldeia e festa no gramado.

O ALECRIM DE CAFÉ E DE MANÉ

NÃO IMAGINO A VIDA SEM LIVROS. A frase é feita, tem a originalidade de um triângulo amoroso de novela mexicana, mas é absolutamente verdadeira. Tive, porém, na minha trajetória de leitor constante, algumas decepções. Faz parte.

Lembro-me, por exemplo, que ao ler o livro *1968: O ano que não terminou*, do jornalista Zuenir Ventura, fui tomado de enorme decepção e acabei despachando o volume, sem choro nem vela, a um sebo da Praça Tiradentes. Explico.

O jornalista faz um apanhado minucioso dos acontecimentos de 1968 no Brasil e no mundo, fala dos movimentos de contracultura, da luta contra o regime militar, dos antecedentes do AI-5, dos festivais da canção e outros babados. Ótimo. Recomendo a leitura.

Ventura ignora, porém, o fato mais relevante daquele ano na opinião deste modesto escriba: foi no dia 4 de fevereiro de 1968 que Mané Garrincha, a forma torta escolhida por Deus para passear entre os homens, usou a camisa sete do Alecrim de Natal, em um amistoso contra o Sport do Recife.

A escalação do Alecrim naquela refrega histórica, que acabou sendo vencida pelo Sport por 1 a 0, é de uma sonoridade digna dos maiores poemas da língua: Augusto; Pirangi, Gaspar, Cândido e Luizinho; Estorlando e João Paulo; Garrincha, Icário, Capiba e Burunga.

(Esse deve ser o ataque mais inusitado da trajetória do grande Mané nos gramados: "Garrincha, Icário, Capiba e Burunga" é simplesmente sensacional. Fecha o parêntese e voltemos ao mote.)

O Alecrim Futebol Clube é tradicionalíssimo. Foi fundado em 1915 por um grupo de moradores do bairro do mesmo nome e teve como um de seus primeiros goleiros certo João Café Filho — que muito tempo depois ocuparia o segundo posto mais importante de sua vida, a presidência da República. O primeiro, evidentemente, é ter guarnecido a meta do Alecrim durante um campeonato estadual.

É provável, aliás, que o Alecrim seja o único time do mundo a ter tido como goleiro titular um futuro presidente da República. Não tenho dúvidas de que, no Brasil, é o único. Ou alguém imagina Getúlio Vargas fechando o gol do São Borja e o Marechal Castelo Branco realizando prodígios, com sua cabeça descomunal capaz de cobrir toda a extensão do arco, na meta do Ferroviário do Ceará?

Não bastasse isso, em 1925, enquanto a Coluna Prestes marchava pelos sertões, o padre Cícero realizava milagres no Juazeiro e Lampião aterrorizava o Nordeste com os seus cabras, o Alecrim conquistava um inédito título invicto do Campeonato Potiguar. Bicampeão, para ser preciso. O time, um dos maiores da história do Rio Grande do Norte, está na ponta da língua: Otávio; Lula e Pindaró; Foster, Zé Dantas e Nozinho; Zé Carlos, Garcia, Gentil, Deão e Miguel.

Com todos esses argumentos que rapidamente apresentei, reforço a indignação que motivou esse arrazoado: como é que Zuenir Ventura esquece de Mané Garrincha no Alecrim ao abordar o ano de 1968 — um fato de importância histórica no mínimo similar às rebeliões estudantis, passeatas, festivais da canção e quejandos? Deus usou a camisa esmeraldina nos gramados do Rio Grande do Norte.

O VERDÃO DO CARIRI

O GRANDE DESTAQUE DO FUTEBOL MUNDIAL EM 2009, na minha modesta avaliação, não foi a seleção brasileira, campeã da Copa das Confederações na África do Sul. Me impressionou mais o que aconteceu no Ceará, mais precisamente em Juazeiro do Norte. Me refiro, é evidente, ao desempenho da Associação Desportiva Recreativa Cultural Icasa nos gramados canarinhos: não há outro exemplo similar de superação, de descida aos infernos e recuperação épica, na história recente do nosso futebol.

No primeiro semestre, por um desses descalabros dos deuses da bola, o Icasa terminou o Campeonato Cearense na última colocação. No segundo semestre, de forma avassaladora, o time fez uma campanha monumental no Campeonato Brasileiro da série C, chegou às semifinais e garantiu o acesso para a série B em 2010.

A história do clube, aliás, é feita de dramas impressionantes. O time foi fundado em 1963 pelos proprietários e operários da Indústria de Comércio e Algodão S.A., a fábrica mais importante de Juazeiro do Norte. A ideia inicial foi a de adotar o nome da fábrica por extenso: Indústria de Comércio e Algodão Sociedade Anônima Esporte Clube. Não colou. Optou-se, então, pela sigla Icasa, solução mais razoável que agradou até a estátua do Padre Cícero, o filho mais famoso do Crato.

O Icasa original foi oló relativamente cedo, depois de ter conquistado glórias impactantes, como o inédito octacampeonato juazeirense (entre 1965 e 1972) e o título cearense de 1992: faliu em 1998 porque não teve 30 mil reais para pagar uma ação judicial movida por um ex-jogador. Já pensaram se a moda pega, o que ia ter de clube cheio dos borogodós quebrando por aí?

Em 7 de janeiro de 2002, houve uma espécie de milagre de Lázaro da história do futebol mundial: o Icasa ressuscitou, buscando recuperar a trajetória guerreira do Verdão do Cariri. Deu certo.

O clube, vale dizer, é dono também de um escudo arrojado, de deixar babando grandes nomes da programação visual contemporânea: uma engrenagem representando a fábrica que originou o time, com a cor verde da folha do algodão. Há uma corrente na cidade favorável a se colocar uma foto do Padre Cícero no meio da engrenagem, mas a proposta ainda não conquistou a torcida. Tem, entretanto, o apoio deste escriba.

A última informação que obtive sobre o Icasa foi animadora. Em 2015, foi realizado, com o objetivo de auxiliar o clube, o Sorteio Entre Amigos do Verdão do Cariri, inaugurando o sistema de iluminação artificial do Praxedão, o centro de treinamento da equipe. Foram sorteados carros e motos para os torcedores presentes.

A noite foi encerrada com um show de um dos mais ilustres torcedores icasianos, para a inveja dos que não estavam lá: o cantor Fábio Carneirinho, filho da região.

Para finalizar, e como se não bastasse, o hino do Icasa é um negócio sério. Onde mais se encontra uma marcha com versos dessa magnitude?

> Meu padim nos gramados do céu
> é mais um craque a orar, meu Verdão
> A fé nos conduz à vitória
> Icasa eterno campeão.

Padre Cícero nos gramados do céu é Brasil na veia.

O FANTASMA DAS ALAGOAS

EM 1951, HOUVE DOIS EVENTOS de importância tremenda no Brasil: a volta de Getúlio Vargas à presidência e a construção da estrada de ferro que selou o progresso do município alagoano de Arapiraca e marcou o futebol mundial. O segundo ponto, é evidente, me interessa mais e é sobre ele que escreverei.

Os trabalhadores da estrada de ferro, sem terem muito o que inventar nos dias de folga do batente pesado, apelaram à empresa responsável pela obra para que se construísse nas imediações um campo de futebol. E assim foi.

O campo da estação virou atração na cidade e os trabalhadores fundaram o Ferroviário, potente esquadrão alvinegro que, em pouquíssimo tempo de vida, marcou época em Arapiraca e arredores.

Quando a ferrovia ficou pronta, em 1952, o time de futebol acabou. Para quê? A população, já absolutamente viciada no bom e velho ludopédio do final das tardes de domingo, ameaçou transformar Arapiraca numa sucursal do inferno se outro time não fosse criado.

Foi assim, atendendo a um clamor das massas arapiraquenses, que as autoridades locais e empresários com vergonha na cara resolveram criar a Associação Sportiva de Arapiraca, o ASA velho de guerra. De forma arrasadora, o novo clube conquistou em seu primeiro ano de vida o Campeonato Alagoano de 1953.

Nos anos 1960, enquanto Fidel Castro aprontava em Cuba e o homem começava a ir ao espaço sideral com a mesma frequência com que eu vou a Paquetá, o ASA passou a ser mundialmente conhecido como o "Fantasma das Alagoas". A alcunha se deve a uma série de excursões pelo Nordeste em que o esquadrão alagoano derrotou Deus e o mundo, dando surras memoráveis e assombrando os grandes clubes da região. A passagem do ASA pelas cidades do sertão nordestino tem impacto só comparável aos feitos do bando de Lampião e às romarias do Padre Cícero por aquelas bandas.

Em 1977, ano em que a Beija-Flor conquistou o bicampeonato do carnaval carioca e uma vizinha da minha avó se matou em protesto contra a aprovação da Lei do Divórcio no Brasil, houve uma decisão histórica e democrática da maioria dos associados e torcedores do ASA que colaborou decisivamente para o início do processo de abertura política e desmonte do regime militar: o clube deixou de se chamar Associação Sportiva de Arapiraca e passou a ser a Agremiação Sportiva Arapiraquense. Um marco.

As glórias do ASA não pararam mais. Depois de impactante participação no Campeonato Brasileiro de 1979 — foi o 40º colocado no certame que reuniu 94 clubes —, e de eliminar o Palmeiras em pleno Parque Antártica na Copa do Brasil de 2002, o ASA é hoje, no momento em que escrevo este arrazoado, o maior campeão alagoano do século XXI, ao lado do CRB.

Como não poderia deixar de ser, encerro esta louvação ao Fantasma das Alagoas com a letra do hino do ASA. O hino lembra, pela dramaticidade e tom guerreiro, a Marselhesa:

> Na terra dos marechais, um clube esportivo se destaca
> Pelo valor de seus craques, o Asa de Arapiraca
> O seu pendão alvinegro, içai com garbo varonil,
> Conquistando sempre vitórias,
> Sob os céus deste Brasil
> Oh!, craques da esportiva, o ASA gigante tornai
> Com bravura e galhardia, ide avante
> Lutai! Lutai!
> Oh!, ASA da minha terra, aos pincaros da glória voai,
> E aos vossos admiradores, os loiros da vitória legai
> Orgulhoso e altaneiro, o ASA sempre de pé,
> Ficará nas páginas da história,
> Da terra de Manoel André

(Para quem não sabe, Manoel André é o cabra que, em 1848, fundou o povoado que deu origem à cidade do ASA, nas proximidades de uma árvore frondosa de Arapiraca — eis aí a razão do nome. Os marechais do início do hino são, é claro, os alagoanos Deodoro da Fonseca e Floriano Peixoto.)

O ROLO COMPRESSOR

EM 1930, HOUVE DOIS FATOS de tremenda repercussão na história do Brasil, e ambos envolveram disputas presidenciais. Não consigo definir qual foi o mais importante.

Nas eleições para a presidência da República, tivemos a vitória do paulista Júlio Prestes sobre o gaúcho Getúlio Vargas. As denúncias de fraude eleitoral e o assassinato de João Pessoa, vice de Vargas, colocaram pimenta no vatapá. No fim do furdunço, Getúlio chegou ao poder. Era a Revolução de 1930.

O outro evento, de significado quiçá profundo como a Revolução de 1930, foi a crise detonada pelo processo de escolha do presidente do Nacional Futebol Clube, agremiação praticante do violento esporte bretão em Manaus, capital do Amazonas. Aos fatos.

O Nacional iria escolher seu novo presidente naquele ano. Pelo estatuto do clube, os jogadores tinham direito a voto. Uma manobra política sórdida, entretanto, alterou as regras do jogo e proibiu o voto dos atletas. Era a hora da revolução.

Liderados por Getúlio Vargas e Oswaldo Aranha, os jogadores resolveram chutar o balde e... êpa! Parem as máquinas, que estou chamando Jesus de Genésio. Troquei as revoluções. Recomeço no próximo parágrafo.

Liderados por Rodolpho Gonçalves, o capitão do time, e Vivaldo Lima, um dirigente que era o preferido dos jogadores na eleição presidencial, os dissidentes deram uma banana ao Nacional e fundaram outro clube.

Resolveram, cheios de birra e razão, manter o nome Nacional e a sigla NFC. Tinham, porém, que trocar o significado do F — para que o nome não fosse idêntico ao do ex-clube. Que diabos inventar? A primeira sugestão foi F de Fantástico: Nacional Fantástico Clube. Não colou.

Alguém pensou em F de Formidando: Nacional Formidando Clube. Também não ganhou adeptos, coisa que lamento. Nacional Formidando é um ótimo nome para um time de futebol.

A ideia mais inusitada, no fim das contas, foi a de colocar alguma palavra em outro idioma. Proposta aceita, procuraram um professor de inglês do Ginásio Amazonense Pedro II, colégio tradicionalíssimo naquelas bandas. O douto professor descobriu a pólvora: *Fast*! Isso mesmo. *Fast*, rápido, veloz. Ligeiro como a criação do novo clube — que manteve o azul do antigo Nacional e ganhou o vermelho e o branco, cores da bandeira do Amazonas.

Em pouco tempo, o Fast já era sucesso absoluto, disputando títulos estaduais com o Rio Negro e conquistando, depois de cinco vice-campeonatos, o triunfo nos anos de 1948 e 1949. Era só o início da trajetória que colocou o Fast entre os maiores do futebol mundial.

Os fastianos, torcedores do rolo compressor da Amazônia, costumam citar três jogos como os maiores da história da agremiação. Verdadeiras sagas da história do futebol.

O primeiro, realizado em 1961 em Manaus, terminou com inacreditáveis 7 a 5 para o Fast contra o Sport de Recife. Há quem diga que esse Fast e Sport só se iguala em dramaticidade, na história do futebol, ao Itália 4 a 3 Alemanha pelas semifinais da Copa do Mundo de 1970.

O segundo grande triunfo aconteceu em pleno Maracanã, em 1978. O Fast enfrentou o Fluminense e, para estupor da torcida presente ao Mário Filho, sapecou categórico 2 a 1 nos cariocas. O Fluminense, desde então, tem o Fast atravessado na garganta e tenta, sem sucesso, marcar o jogo da vingança. Problemas de calendário impediram, até agora, a realização da revanche.

O terceiro jogo é quase inacreditável: Fast contra New York Cosmos. Isso mesmo. O Cosmos, contando à época com Carlos Alberto Torres, Beckenbauer, Chinaglia e Romerito, enfrentou, no dia 9 de março de 1980, o tricolor amazonense. A partida terminou em um empate sem gols, mas testemunhas garantem que o Fast, diante de quase 60 mil pessoas — então o maior público da história do futebol do Amazonas —, encurralou os gringos no campo de defesa e pressionou o jogo todo. O placar moral foi de, no mínimo, 4 a 0 para o time do povo.

Dizem os antigos que ainda ressoa, pelas imensidões da floresta, o grito de guerra que naquele jogo evocou toda a geração dos índios Manaós. Era como se o espírito de Ajuricaba estivesse presente nas gargantas de todos os fastianos que, como a expulsar definitivamente os gringos das matas brasileiras, urraram no campo de batalha, durante boa parte da refrega:

— A-há, U-hu, ô, Beckenbauer, vou comer seu cu!

O Kaiser, intimidado, não acertou um mísero passe, pela primeira e última vez na carreira. Coisas da pajelança boleira.

QUANTOS SOMOS? TREZE!

SEM QUE NINGUÉM TENHA ME PERGUNTADO coisa nenhuma, antecipo a resposta: o nome de time de futebol mais inusitado e bem escolhido do Brasil é o do Treze Futebol Clube, o alvinegro de Campina Grande. O Treze é imbatível nesse ponto.

O clube paraibano nasceu no dia 7 de setembro de 1925, numa reunião que contou com a participação de alguns doidos interessados em difundir o futebol em Campina. Durante o pega pra capar para se escolher o nome da agremiação, um dos fundadores, José Casado, sugeriu que o clube adotasse como nome a quantidade de pessoas presentes ao ato de fundação.

— Quantos somos, cabras? — perguntou o Zé.
— Treze!

E assim ficou.

Isso significa que o Treze poderia perfeitamente se chamar Onze Futebol Clube, Vinte Futebol Clube, Trinta e Quatro Futebol Clube, Setenta e Sete Futebol Clube, e por aí vai.

O primeiro time do Treze, que estreou nos gramados enfrentando o Palmeiras de João Pessoa (10 de maio de

1926), foi formado por um onze de respeito: Olívio; Zé Elói e Lima; Eurico, Zacarias do Ó e Zé de Castro; Rodolfo, Casado, Reis, Zé Cotó e Guiné.

O Treze ganhou o jogo pioneiro por um gol. O autor do tento, depois de jogada individual nunca dantes vista nas paraíbas, foi o ponteiro esquerdo Guiné. Aqui vale uma explicação. O nome de batismo do herói do gol inaugural era Plácido Véras. O apelido foi dado pelos amigos em virtude de uma característica de Plácido nos gramados: a velocidade espantosa que o assemelhava a uma guiné, a ave, ciscando no terreiro.

(Toda vez que escuto uma história como essa do Guiné, sinto deslavada saudade de um tempo em que o apelido era a regra entre os boleiros. O tal do futebol globalizado, porém, exige nome e sobrenome do jogador, já vislumbrando milionárias transações com clubes do exterior. Usei o termo jogador e me expressei mal. A moda agora é chamar todo mundo de atleta. Não gosto. Na minha meninice, atleta era só quem fazia atletismo e olhe lá. Mas fechemos o parêntese, que já vai tarde, e voltemos ao que interessa no próximo parágrafo.)

O mascote do Treze é um galo. A razão, assim como a do nome, também é magnífica — treze é o número do marido da galinha no jogo do bicho. Cáspite. Que mascote! Que mascote! Faço a irresistível facécia: fossem vinte e quatro os fundadores, a escolha do mascote obedeceria ao mesmo critério? Creio que não.

Não bastassem as glórias nas quatro linhas — o Campeonato Paraibano invicto de 1966 é, para os velhos torcedores, a maior delas —, o Galo da Borborema também entrou para a história da música popular do Brasil. Em 1958, o grande compositor de cocos e baiões Rosil Cavalcante, autor de Sebastiana, compôs Saudade de Campina Grande, gravada pela lendária Marinês.

Ao cantar o banzo dos personagens da terra do São João mais arretado da Paraíba, a música fala do futebol de Campina Grande e cita o *"Zé Iracema, center-forward do Paulistano em dia de jogo, e o Treze, velho galo da Borborema, que jamais teve problema e pegava fogo"*. É pra quem pode, cabras.

Vida longa ao Galo querido da Borborema!

SÃO CRISTÓVÃO

NO DIA 12 DE OUTUBRO DE 1898, foi fundado, no Rio de Janeiro, o Clube de Regatas São Cristóvão, dedicado ao remo. No dia 5 de julho de 1909, foi criado o São Cristóvão Atlético Clube, voltado para a prática do futebol e campeão carioca de 1926. No dia 13 de fevereiro de 1943, ocorreu a fusão entre os dois clubes do bairro imperial, nascendo, então, o São Cristóvão de Futebol e Regatas, o simpático, tradicional e carioquíssimo São Cri-Cri.

Esses clubes de bairro têm uma trajetória muito similar às escolas de samba do carnaval carioca. Mais do que times de futebol, os pequenos clubes representavam espaços em que as comunidades dos bairros estabeleciam estratégias de convívio, expressavam anseios, manifestavam desejos de festa, integração comunitária e participação efetiva no cotidiano de espaços muitas vezes depreciados e esquecidos pelo poder público. Os times de futebol desses bairros não tinham a intenção de vencer ou conquistar títulos — a vitória, no caso, era simplesmente existir e proporcionar o encontro.

Assim como os desfiles assistiram ao surgimento das superescolas de samba, caracterizadas pela proliferação de alas comerciais e pela verticalização do cortejo —

em que as alegorias e adereços se transformam em parafernálias e o componente vira coadjuvante do delírio visual e da ditadura dos carnavalescos —, o futebol se transformou em negócio milionário, controlado por empresários, *holdings* e o escambau.

A identificação entre jogador e clube desapareceu, a paixão perdeu espaço para as estratégias de mercado e os clubes que não apresentam potencial de retorno financeiro e capacidade de projeção na mídia (já que não possuem torcedores, ou melhor, clientes numerosos) correm o risco de acabar ou, quando muito, disputar campeonatos de divisões intermediárias.

Como pode o São Cristóvão se inserir nas estratégias de retorno financeiro e midiático do mundo globalizado (expressões tremendamente pedantes e de natureza excludente)? Não pode, evidentemente. Quem está errado? O São Cri-Cri? Me parece, definitivamente, que não. Nessa maluquice global, a questão é bem mais profunda: é o bairro que está morrendo. Vivemos tempos estranhos, em que é mais fácil o sujeito saber o que está acontecendo com a bolsa de Cingapura do que descobrir o que ocorre na esquina, na feira, no botequim e no pequeno clube da localidade.

A míngua dos pequenos é a agonia de um modelo civilizatório mais humano, cordato, afável, apaixonado, destinado ao festejo, ao compartilhamento da alegria e da dor e ao cotidiano dividido com o jornaleiro, o barbeiro, o feirante, o dono da birosca, o amolador de facas e o velho torcedor — aquele que frequenta sempre, até que morra ele ou o clube, o mesmo lugar na arquibancada.

TUNA, TUNA, TUNA!

LICÍNIO, SETENTA, CINCO, ALDOMÁRIO E PELLADO; Setenta e Sete e Lulu; Conega, Jango, Pitoca e Patesko. Esse é o imortal esquadrão da Tuna Luso Brasileira que conquistou de forma invicta, derrotando na final o Paysandu por 2 a 1, o Campeonato Paraense de Futebol de 1937 — o primeiro na história da equipe da cruz de malta.

A Tuna Luso Brasileira, na verdade, ainda não se chamava assim naquele ano em que Getúlio Vargas deu o golpe do Estado Novo. A agremiação, fundada por 21 portugueses no primeiro dia do ano de 1903, chamava-se originalmente Tuna Luso Caixeiral (os da terrinha eram todos caixeiros viajantes, que gostavam de se reunir para tomar vinho e cantar músicas portuguesas para seduzir as morenas paraenses). Manuel Nunes da Silva, o líder dos caixeiros, teve a ideia de fundar o grupo quando da visita do cruzador português Dom Carlos à cidade de Belém.

Em 1915, por iniciativa do portuga Francisco Vasquez, a Tuna passou a ter um time de futebol. No mesmo ano, a equipe ganhou o primeiro troféu. A colônia portuguesa de Belém preparou uma rega-bofe dos grandes para festejar o 5 de outubro, aniversário da proclamação da República de Portugal. A pândega foi boa e a festa teve como momento maior um jogo entre a Tuna e o Grêmio Lusitano: 1 a 0 para os caixeiros cantores.

Dizem os portugueses da velha guarda de Belém que o maior feito da história da Tuna foi ganhar o torneio Rainha Guilhermina, em 1949 (com o nome de Tuna Luso Comercial). Vejam vocês se não é mesmo para se gabar. A Rainha Guilhermina, da Holanda, foi visitar o Suriname — ocasião propícia para a realização de um torneio em homenagem à velha. A Tuna foi convidada para representar o futebol do norte do Brasil.

A Tuna disputou o certame contra times da Holanda, das Guianas e a seleção do Suriname. Os luso-paraenses fizeram uma campanha arrasadora: sapecaram os holandeses do M.V.V. por 4 a 1, ganharam do selecionado do Suriname por 2 a 0, e do Robin Hood, potência do futebol das Guianas, por 3 a 1.

Ofendido com a derrota, o escrete do Suriname exigiu revanche. O jogo se transformou em uma questão de estado. Pressionada por uma multidão e enfrentando uma arbitragem criminosa, a Tuna arrancou um empate de 1 a 1 e ficou com a taça. A linha de meio do time daquele ano é uma das maiores da história do futebol do Pará: Nonato, Biroba, Juvenil, China e Palito (experimentem recitar essa linha em voz alta, fazendo breve pausa após Juvenil).

Enfim, camaradas, nestes tempos em que o futebol-empresa e seus jogadores mimados ameaçam a sobrevivência de agremiações tradicionalíssimas do esporte canarinho, ergo minha taça de vinho do Porto em homenagem aos caixeiros viajantes que, ao criarem a Tuna Luso, perceberam de fato o que interessa nessa vida: a música, o futebol, o amor pela aldeia e pelas morenas.

O PAPÃO DA CURUZU

SOMOS, OS BRASILEIROS, PENTACAMPEÕES MUNDIAIS de futebol. Perguntaram-me, certa feita, qual foi a maior das vitórias do futebol tupiniquim. A final contra a Suécia, em 1958? O saco que metemos na Itália, em 1970?

Matutei sobre os feitos do escrete, descartei as finais de 1962, 1994 (essa foi menos emocionante que a Missa do Galo daquele ano) e 2002, cogitei citar o baile que demos na Espanha na fase final da Copa de 1950, mas, na hora de responder, falei de forma automática, feito caboclo de umbanda:

— A maior vitória da história do futebol brasileiro não foi obtida pela seleção. Foi o vareio que o Paysandu de Belém deu no Peñarol do Uruguai em 18 de julho de 1965: 3 a 0 pro Papão no Estádio da Curuzu.

É verdade. Foi mesmo um feito digno de figurar nos anais da história. O Peñarol à época era uma máquina. O time titular era praticamente a seleção do Uruguai: Mazurkiewsk, Forlan, Abbadie, Pedro Rocha e Caetano, por exemplo, envergavam a camisa preta e amarela do time platino. Eram, os gringos, bicampeões da Libertadores da America, bicampeões uruguaios e campeões mundiais interclubes.

Pois o Paysandu deu um vareio nos homens. Com o ex-tricolor Castilho fechando o arco e um ataque encapetado — Vila, Milton Dias, Pau Preto e Ércio —, o Papão não tomou conhecimento da rapaziada do churrasco, jogou pra dedéu e liquidou a fatura de forma inapelável (Ércio, Milton Dias e Pau Preto fizeram os gols).

Ouso dizer que, em se tratando de confrontos na America Latina, o que o Paysandu fez com o Peñarol reduz a Batalha Naval do Riachuelo a um evento tão dramático quanto um passeio de elevador em um prédio de cinco andares.

O triunfo do Paysandu virou Belém de cabeça pra baixo. Houve carreata, ponto facultativo, desmaios, infartos, pororoca no Rio Guamá, pato no tucupi e o escambau. O Liberal, o maior jornal do Pará, estampou na manchete: "Triunfo do Papão é a vitória do Brasil". Estava vingado o *maracanazzo* de 1950.

Daqui do Rio, basbaque com o triunfo, Nelson Rodrigues — garantindo que assistira ao jogo pelos rumores do vento — não deixava por menos em sua crônica no jornal "O Globo": *"O Paysandu tem camisa. Sendo preciso, sua camisa deixa de ser um trapo qualquer para erguer-se como um estandarte em chama [...]. O Peñarol saiu de lá com as orelhas a meio pau. Três a zero! Um banho completo!"*.

Uma grande história desse jogaço aconteceu nas arquibancadas. Um dos torcedores presentes ao embate, o fuzileiro naval Francisco Pires Cavalcanti, teve um treco durante a partida. Pires era músico da marinha e compositor, mas não conseguia compor nadica de nada há uns vinte e tantos anos. As musas do poeta estavam de férias.

Entusiasmado com o desempenho do seu Paysandu, o fuzileiro Pires teve uma inspiração súbita, uma espécie de estalo de Vieira. Num estado de transe que só o futebol proporciona, começou ali mesmo, nas arquibancadas, a compor uma marchinha em homenagem ao Papão e ao chocolate paraense nos uruguaios.

Encerrado o jogo, um eufórico Pires cantava que nem doido para não esquecer a melodia que acabara de fazer: *"Uma listra branca, outra listra azul, essas são as cores do Papão da Curuzu"*. O fuzileiro acabara de compor a ciranda, cirandinha do futebol do Pará.

Além, portanto, da vitória acachapante contra os gringos, aquela tarde de sol em Belém viu nascer um dos hinos mais simpáticos dos clubes de futebol do Brasil. Para muitos, inclusive, a marchinha de Pires é o hino oficial do Papão. Não é, mas é como se fosse.

Vou ser sincero: o hino oficial do Paysandu não me comove. Parece uma ladainha de igreja. Já a marchinha do fuzileiro Pires é boa pra burro. Cita o baile no Peñarol e ainda sacaneia o maior adversário, o Clube do Remo, ao se referir a uma biaba que o Papão deu no rival (um acachapante 7 a 0) no verso *"Pintou o sete numa tela azul"*. É isso, camaradas. Viva o glorioso Paysandu e viva o fuzileiro Pires, caboclo amazônico encantado nas arquibancadas da Curuzu toda vez que a torcida do Papão entoa sua marchinha arretada.

O DEMOLIDOR DE CAMPEÕES

O BAIANO GALÍCIA ESPORTE CLUBE foi fundado no primeiro dia do ano de 1933 por imigrantes espanhóis liderados por Eduardo Castro Iglesias e José Carrero Oubiña. Estavam, evidentemente, curtindo a porranca do fim de ano quando tiveram a brilhante ideia. De início, a intenção era criar um time de futebol que servisse como difusor da união entre os galegos residentes em Salvador.

O troço deu certo e, pouco tempo depois, o Galícia conquistava o primeiro título de sua história, o Baianão de 1937. O esquadrão formado por De Vinche, Bubu e Bisa, Ferreira, Vani e Walter, Dedé, Servilho, Bermudes, Vareta, Palito e Moela atropelou os favoritos Bahia, Vitória, Botafogo e Ypiranga e marcou o início da trajetória vitoriosa dos azulinos, consolidada com um histórico tricampeonato no início dos anos 1940 (1941, 1942 e 1943).

O "Demolidor de Campeões" atualmente rala na segunda divisão baiana, o que considero um absurdo tão grande quanto a ausência de São Cristóvão, Olaria, Bonsucesso, Portuguesa e America na elite do futebol carioca. Nestes tempos doidos de jogadores-produtos, clubes-empresas e outras sandices do gênero, urge torcer para que os granadeiros da Cruz de Santiago consigam dar a volta por cima. O futebol agradecerá.

O hino do Galícia é bom pacas. Compara o time a um forte toureiro, fala de amor e galhardia, diz que os torcedores do clube são modestos, ordeiros e animados, e sintetiza o que o Galícia representa em uma sentença definitiva: a alegria do futebol baiano. O autor é Francisco Icó da Silva:

> O Galícia é um forte toureiro
> Que toureia com muita valentia
> Que domina qualquer touro na arena
> Lutando sempre com amor e galhardia

ARRIBA, JABUCA!

O ANO DE 1914 FOI MARCADO POR DUAS NOTÍCIAS de repercussão mundial — uma boa e uma má, como na piada. A má, evidentemente, foi a explosão da Guerra Mundial após o assassinato do arquiduque Francisco Ferdinando em Sarajevo, por um nacionalista sérvio maluco. A boa nova: enquanto o pau comia na Europa, alguns jornalistas espanhóis radicados na região de Santos fundavam o Hespanha Futebol Clube, no bairro do Jabaquara. O dia escolhido para a fundação oficial foi o 15 de Novembro e as cores da equipe são o vermelho e amarelo da bandeira espanhola. Por sugestão de um portuga dono de uma birosca onde os espanhóis tomavam uns tragos, as cores do segundo uniforme são as da bandeira de Portugal — numa espécie de União Ibérica tupiniquim.

Na primeira partida, empate em um gol contra o Afonso XIII, outro time de imigrantes espanhóis, num jogo realizado num campinho do bairro de Jabaquara. Notícias da época falam da distribuição de docinhos, vinhos, licores e salgados para os que compareceram ao jogo inicial, execução de hinos do Brasil e da Espanha e outros salamaleques.

O Hespanha teve uma trajetória inicial de glórias, até começar a cair pelas tabelas em meados dos anos 1950. Venceu a Taça Grande Café d'Oeste entre 1918 e 1920; construiu em 1924 o Estádio Antonio Alonso, no bairro do Macuco; derrotou em 1930, por 3 a 2, a seleção de Buenos Aires (no ano em que a Argentina foi vice-campeã do mundo); e foi um dos clubes fundadores da Federação Paulista de Futebol. Os cabeças brancas da colônia espanhola costumavam dizer que o melhor time da história do Hespanha foi o da segunda metade dos anos 1920: Gomes, Apelian, Dito, Manolo, Marreiros, Vilas, Argentino, Isolito, Espoleta, Tito e Passos.

Em 1942, com a Segunda Guerra Mundial comendo solta e o Generalíssimo Francisco Franco transformando a Espanha em um açougue, um decreto do governo brasileiro proibiu que associações esportivas tivessem nomes de países. O Hespanha passou a se chamar, desde então, Jabaquara Atlético Clube, o glorioso Jabuca, o "Leão do Macuco". Na hora de se escolher o novo nome, houve certo pega pra capar — alguns preferiam XV de Novembro (data da fundação do clube em 1914), outros, Cruzeiro do Sul.

Meu pai, que nasceu em Santa Catarina mas foi criado em Santos, conta muitas histórias sobre o hoje "Leão da Caneleira" (local do atual estádio) — sobretudo a respeito dos jogadores formados no Jabaquara que se destacaram no futebol brasileiro.

O maior deles, é claro, foi o grande Gilmar dos Santos Neves. O goleiro bicampeão do mundo com o escrete (1958 e 1962) começou no Jabuca, de onde se transferiu para o Corinthians. Só esse fato bastaria para reservar um lugar de honra ao Jabaquara na galeria dos clubes imortais do futebol canarinho.

Não sei como anda hoje o queridíssimo Jabuca. Do jeito que o futebol brasileiro vai, estupidamente mercantilizado e povoado de clubes de empresas e prefeituras sem a menor tradição, não me surpreende que o Jabaquara um dia acabe ou já esteja transformado em um time de alguma empresa de molho de tomate. O simples fato de continuar existindo, depois de tantos percalços, rebaixamentos e o escambau, é que me faz dizer em homenagem aos jornaleiros espanhóis de 1914: — Arriba, Jabuca!

JUCA BALEIA

RONALDO FENÔMENO NÃO É, DEFINITIVAMENTE, o roliço que mais admiro na história do futebol brasileiro. Nesse quesito, o meu predileto é, sem dúvidas, Juca Baleia, o goleiro do Sampaio Corrêa do Maranhão entre 1990 e 1993.

Pesando, no melhor da forma, cerca de 150 quilos, Juvenal Marinho dos Passos recebeu o apelido do grande mamífero cetáceo em virtude do filme *Moby Dick* e de sua notória semelhança com a temível fera dos sete mares.

Com uma aptidão física para jogar no gol semelhante a que eu tenho para estudar física quântica, Juca Baleia destacou-se no confronto entre o Sampaio Corrêa e o Palmeiras, pela Copa do Brasil de 1992. Dando saltos formidáveis, que lhe valeram a alcunha de Baleia Voadora, Juca garantiu que o Sampaio fosse derrotado apenas por 4 a 0, em um jogo em que o Palmeiras concluiu ao gol mais de setecentas vezes.

Nesta época em que o futebol sofre a excessiva espetacularização midiática do jogo e os jogadores são alçados à categoria de celebridades frequentadoras do *jet set* internacional, a paquidérmica figura de Baleia se agiganta. O cachalote dos gramados passa, quero crer, a fazer parte de um seleto grupo de mitos da bola, ao lado do magnífico Mauro Shampoo, maior ídolo da história do Íbis, e de toda a linha de frente do Vila de Cava F. C. em 1979, formada pelos incontestes Capiroto, Curupira, Corno Manso, Abecedário e Aderaldo — um ataque infernal, devidamente municiado pelo cérebro do time, o craque Wilsinho Bagunça.

Mas os tempos são outros. Hoje nenhum jogador brasileiro seria conhecido por um apelido desses. O empresário, interessado desde sempre em uma projeção do atleta que lhe garanta rápida inserção no mercado da bola e transferência para o exterior (os melhores acabam na Itália, Espanha e Inglaterra e os perebas terminam nas Ucrânias da vida), já sugere que o garoto adote nos gramados nome e sobrenome — e surgem os Thiago Neves, Leonardo Moura, Rafael Sóbis, Daniel Carvalho, Helder Granja, Leandro Amaral, André Dias, Wellington Monteiro, Washington Souza, Wenesday Silva e daí pra baixo. Ouso dizer que se o divino crioulo começasse a jogar bola nos dias atuais, o maior do mundo seria o Edson Arantes, jamais o Pelé. Garrincha seria o Manoel Santos e Zico viraria o Arthur Coimbra.

Uma pausa histórica. O professor Joel Rufino dos Santos sugeria que a tradição brasileira de se colocar apelidos em jogadores de futebol é derivada, provavelmente, da capoeira. Na época em que a capoeiragem era considerada crime, os praticantes usavam apelidos para esconder a verdadeira identidade dos bambas do jogo de Angola — até hoje é costume que, ao ser batizado, o capoeira receba um apelido qualquer. A entrada do negro no mundo do futebol — e muitos clubes de várzea surgiram de maltas de capoeiristas — trouxe a tradição do apelido para os gramados.

Por isso tudo, louvo, nestas mal traçadas, a Baleia Voadora, o Cachalote dos Gramados, o Paquiderme das Balizas, o Chupeta do Vesúvio, o Elefante de São Pantaleão — todas as alcunhas utilizadas para definir o arqueiro de 150 quilos da Bolívia Querida de maior torcida neste Maranhão.

FUTEBOL E CALDO DE CANA

O MENINO ALEXANDRE DE CARVALHO é um herói nacional e está para a história de Pernambuco no mesmo patamar de um Frei Caneca, um Maurício de Nassau, um João Cabral. Não sabem de quem se trata? Vamos aos fatos.

A 3 de fevereiro de 1914, perto do furdunço do carnaval e meses antes da Guerra Mundial, onze garotos de Recife, entre quatorze e dezesseis anos, resolveram criar um time de futebol. Como a meninada costumava jogar bola no pátio da Igreja de Santa Cruz — para desespero dos padres e beatas que, vez por outra, viam uma pelota invadir a igreja durante a missa —, o nome do time foi escolhido sem maiores polêmicas: Santa Cruz Football Club, com direito a sotaque britânico e o escambau.

O início da trajetória do time da garotada foi arrasador. O Santa obteve vitórias por goleadas contra o Rio Negro, respeitável equipe do Recife à época, e um surpreendente triunfo sobre os ingleses que trabalhavam na Western Telegraph Company de Pernambuco. Os súditos da rainha, cheios da marra típica dos inventores do futiba moderno, ostentavam até então categórica invencibilidade. Estava nascendo ali, nos pés daqueles garotos, uma das glórias do futebol brasileiro e paixão maior do povo que dribla no compasso do frevo.

Pouco depois da fundação, e apesar das vitórias iniciais, a situação financeira do time da meninada era desesperadora. O dinheiro em caixa, seis mil réis, era insuficiente para a manutenção de uniformes, chuteiras e bolas da equipe. Um dos fundadores sugeriu, então, que eles desistissem da ideia do time, comprassem com a quantia uma máquina de fazer caldo de cana e vendessem a bebida na Rua da Aurora.

A sugestão — transformar o time de futebol na máquina de caldo de cana — vigoraria e o Santa Cruz iria para o beleléu, se não fosse a intervenção heroica de Alexandre de Carvalho. O insurgente transformou a reunião em um fuzuê dos diabos, subiu na mesa, ameaçou jogar a geringonça de caldo de cana nas águas do Capibaribe, jurou envenenar a bebida para fazer todo mundo parar na polícia e outros babados. Usou um argumento irrefutável:

— Nós gostamos de jogar futebol, e não de vender caldo de cana. Que se dane o dinheiro!

Alexandre garantiu, com esse providencial ataque, que o Santa Cruz não se transformasse numa barraquinha de bebidas na Rua da Aurora em nome de uma engenharia financeira mais eficaz.

Alexandre de Carvalho é o símbolo que o Santa Cruz e o próprio futebol brasileiro precisam canonizar no altar da pátria. A grita do garoto contra a barraquinha de caldo de cana é nosso estandarte contra os engravatados de plantão, empresários da pelota, senhores dos Grêmios de Barueri, Prudente e sei lá que diabos, patrocinadores que transformam camisas gloriosas em trapos repletos de propagandas, apóstolos que usam o futebol para fazer proselitismo religioso e entidades que violam a tradição, a arquitetura e a história dos estádios em nome de empreendimentos milionários e mamatas superfaturadas.

O esporro do moleque nos companheiros, diga-se, transcende o futebol e vale mais como lição de vida do que duzentos livros de autoajuda produzidos por padres, psicanalistas, pastores, pais de santo, médiuns, empresários, atletas, educadores de titica, magos, fofos e fofas de plantão e biltres de todos os calibres.

O garoto Alexandre, ao mandar o seu "Não fode!" ao projeto que poderia ter feito do Santa Cruz do Recife uma barraquinha de caldo de cana, condensou em uma frase um verdadeiro tratado sociológico sobre o futebol, o Brasil, o dinheiro e a dimensão do que o homem está fazendo (ou deveria fazer) nessa travessia entre uma trave e outra do gramado:

— Nós gostamos de jogar futebol, e não de vender caldo de cana. Que se dane o dinheiro, caralho!

O ARTILHEIRO, O COVEIRO E O *SHEIK*

A MAIOR ATUAÇÃO QUE VI DE UM JOGADOR de futebol foi a de Abecedário, avante rompedor do Vila de Cava Futebol Clube, no histórico jogo em que o Vila derrotou o Vale das Almas Esporte Clube, time dos funcionários do Cemitério de Ricardo de Albuquerque, na final da Taça Mariel Mariscot de Matos, uma espécie de *Champions League* da Baixada Fluminense e do subúrbio carioca nas décadas de 1970 e 1980. Abecedário, em tarde infernal, fez quatro gols e acabou com o jogo.

Vale ressaltar que o Vila não era time de empresários. O esquadrão, também conhecido como o "Terror da Baixada" contava apenas com o apoio da loja de macumba Cantinho do Seu Sete da Lira, que bancava dois jogos de camisa por ano para a equipe. O Vale das Almas tinha grana — era patrocinado pela funerária Eternos Sonhos, que investia pesado no futebol de várzea. Subvertendo a lógica do grande capital, o Vila liquidou a equipe do campo santo.

Esse jogo, porém, não ficou nos anais só pela estupenda atuação de Abecedário. Outro lance marcou para sempre a história do futebol. O Vila ganhava por 4 a 1, quando o zagueiro Carlinhos Nem Fudendo subiu mais alto que a zaga adversária, num escanteio cobrado com precisão por Aderaldo Miquimba, e testou no ângulo. A bola bateu no travessão, quicou meio metro dentro do gol e saiu. O árbitro, atendendo ao aceno do bandeira, confirmou o tento.

Aconteceu, nesse momento, o inusitado. O chefão do time do Vale das Almas, Alcides Barros de Santana, o Cidinho Catacumba, dono da funerária que bancava a equipe, homem de ouro da polícia especial e compadre do falecido detetive Le Cocq, invadiu o campo ao lado de nove capangas fortemente armados. O clima no estádio era de *saloon* do Velho Oeste no momento da entrada de Sundance Kid. Escutou-se um silêncio de dois minutos antes do *Big Bang*.

Cidinho adentrou o relvado com o intuito de exigir de Sua Senhoria a anulação do gol — cinco já seriam humilhação demais. Confabulou por cerca de dois minutos com o juiz e o bandeira e apresentou argumentos sólidos. Foi o suficiente para que a arbitragem mudasse de ideia. O gol foi anulado, para desespero de Carlinhos Nem Fudendo, que até então não tinha assinalado qualquer tento na carreira.

Dois anos depois — o jogo de várzea ocorreu em 1980 —, a cena que marcou o clássico Vila de Cava *versus* Vale das Almas se repetiu na Copa do Mundo da Espanha. No jogo França *versus* Kuwait, quando os conterrâneos de Robespierre já venciam com folgas, o juiz validou o que seria o quarto gol francês. Os jogadores do Kuwait protestaram, alegando que a jogada já estava interrompida.

Nesse momento, impávido e colosso, adentrou o gramado o *sheik* Fahid Al-Ahmad Al-Sabah, presidente da federação kuaitiana, vestido a caráter e acompanhado por um grupo de beduínos do deserto, armados de cimitarras próprias para degolar camelos. O xeque bradou impropérios e ameaçou o juiz russo com a convocação de uma *jihad*. O árbitro, diante da cena digna dos melhores momentos da saga de Ali Babá, anulou o gol com enorme autoridade.

Eu faria, se fosse o juiz, a mesma coisa. A pergunta que fica desses relatos, rigorosamente fiéis e calcados em vasta documentação e testemunhos acima de qualquer suspeita, é inevitável: o *sheik* Farid Al-Ahmad Al-Sabah se inspirou no exemplo de Cidinho Catacumba, corretor funerário e homem da lei, para invadir o campo e anular um gol em um jogo de Copa do Mundo?

Eu acredito, fundamentado em evidências sólidas, que sim. O *sheik* não passou de um imitador de quinta categoria. Que o profeta não nos ouça.

A VOZ DO BANGU

O BANGU ATLÉTICO CLUBE, o alvirrubro da Zona Oeste, tem mais de um século de serviços prestados ao futebol e ao Rio de Janeiro. Sou daqueles que acham que o bairro de Bangu está para o futebol brasileiro como certa estrebaria de Belém para os cristãos: tudo começou ali. Há referências de que partidas de futebol já eram disputadas em Bangu desde 1894, de forma pioneira no Brasil.

Das inúmeras histórias — épicas, trágicas, engraçadas ou comoventes — que marcam o Bangu, uma das minhas prediletas envolve o empresário zoológico Castor de Andrade, que durante muito tempo bancou o time pelo qual era apaixonado.

Conto o milagre, mas não dou o nome do santo. O sujeito era juiz de futebol e apitava um Bangu e Americano, ou teria sido o Goytacaz?, em Moça Bonita. Estádio vazio, final de tarde em uma quarta-feira de sol, a charanga tocando *Maria Sapatão*: tudo nos conformes no Proletário Guilherme da Silveira. O Bangu ganha por um gol e o jogo está perto de acabar. Gilmar, goleiro banguense, enseba na hora de bater um tiro de meta. O árbitro ordena da intermediária:

— Vamos, Gilmar. Não complica. Repõe essa merda.

Diante da demora, Sua Senhoria levanta o amarelo e corre de peito estufado, cartão em riste e cabeleira ao vento, em direção ao goleiro. Nisso, ressoa assombrosa, berrada e certeira, a voz do Doutor Castor de Andrade, que assistia ao jogo à beira do campo, na agradável companhia de dois capangas trepados:

— Cartão para ele não. Ele tem dois e vai ser suspenso, porra. Domingo é contra o Fluminense. Ele não.

O árbitro escuta a voz de dublador de Deus no filme *Os Dez Mandamentos* (aquele do Cecil B. DeMille) e muda, com destreza, o curso da corrida, partindo em direção ao zagueiro. Não deu certo:

— Esse também não pode! Tem dois.

E Sua Senhoria passa a girar feito caboclo de umbanda em cavalo novo, com o cartão na mão, até parar na frente do lateral esquerdo. Doutor Castor manda de prima:

— Esse pode. Amarela ele, que além de tudo não joga nada.

E assim foi feito. Cartão para o lateral, que entrou nessa de gaiato, como Pilatos no credo e fruta no cardápio do boteco. Aguardava-se apenas a súmula do juiz rodante para saber a razão da advertência.

Precavido, e com grande talento literário, o árbitro não teve dúvidas e escreveu cheio das convicções: "Aos 88 minutos de jogo, fui acometido de grave crise de labirintite e comecei a rodar em campo. Ofendido pelo atleta de camisa número 6 do Bangu, que zombou do meu súbito problema de saúde, apliquei a regra e dei ao referido jogador, assim que me recuperei, o cartão amarelo".

O TREMENDÃO DA AEROLÂNDIA

EM CERTA OCASIÃO, PASSANDO AS FÉRIAS NO CEARÁ, estava tomando uma cerveja gelada e traçando um peixe na brasa na praia do Preá, pertinho de Jericoacoara, quando perguntei ao garçom, algo que faço com frequência quando viajo, sobre o time de futebol do cabra. O diálogo foi mais ou menos o seguinte:

— Querido, torces para que time?
— Flamengo no Brasil e Ceará aqui. E o amigo?
— Aqui no Ceará, sou simpático ao Calouros do Ar. Apesar da desfeita que o Calouros fez, derrotando o Botafogo, com Mané Garrincha e tudo, por 1 a 0 em um amistoso em 1954. O Garrincha, aliás, chegou a perder um pênalti nesse jogo.

O garçom me olhou com a compaixão franciscana da Doutora Nise da Silveira e soltou apenas um muxoxo.

Falei a verdade. O time que conta com a minha simpatia no Ceará é o Calouros do Ar, com esse nome espetacular, mais adequado a um quadro do programa do Raul Gil.

A origem do Calouros do Ar está no America de Fortaleza, clube inspirado no rubro carioca de Campos

Sales. O técnico do America, no final dos anos 1940, era o subcomandante da base aérea de Fortaleza, Clóvis Maia de Mendonça. O cabra era doido por futebol e, para reforçar o America, teve uma ideia: levou os craques das peladas da base aérea (soldados, cabos e sargentos) para jogar no time.

Em 1950, quando Clóvis Maia de Mendonça foi transferido para uma base fora do Ceará, os jogadores deixaram o America e, em 10 de janeiro de 1952, fundaram o time da Base Aérea de Fortaleza: o Calouros do Ar Futebol Clube. O nome do time foi escolhido em homenagem ao conjunto musical da base e aos aspirantes a oficiais aviadores.

A maior glória da história do Calouros do Ar — depois, evidentemente, da vitória sobre o Botafogo em 1954 — foi o título do Campeonato Cearense de 1955 (até agora o único da história do esquadrão tricolor). A equipe campeã, que derrotou o Ferroviário por 2 a 0 na final, jogou com os heróis Jairo, Pedrinho e Coité; Luciano, Jandir e Jesus; Edilson Araújo, Zezinho, Beto, Hélder e Zuzinha.

Na minha passagem mais recente pela terra da Iracema, o Calouros do Ar estava na terceira divisão do Campeonato Cearense, vivendo um perrengue parecido com o de tantos clubes brasileiros que não têm espaço no futebol midiático e empresarial dos tempos recentes.

A PATATIVA DO AGRESTE

IMAGINEM A GLÓRIA DE UM CLUBE que consegue a proeza de papar os títulos de 1942, 1945, 1948, 1951, 1952, 1954 e 1958 da Liga Esportiva Caruaruense, a entidade que à época cuidava do esporte bretão na fabulosa cidade de Caruaru, agreste de Pernambuco. O certame de Caruaru, vale dizer, era dos mais disputados do Nordeste e guarda em sua história verdadeiras epopeias de heroísmo, amor ao futebol e, ocasionalmente, pancadarias dignas dos melhores momentos do cangaço.

Imaginem também se esse time é capaz de enfiar 23 a 0 no Jocaru, com o artilheiro Milton balançando as redes adversárias onze vezes, conforme aconteceu em 1951. É pra quem pode, cabra.

O quem pode, nesse caso, é o Central Sport Club, valorosa agremiação fundada em 15 de junho de 1919, durante uma reunião na sede da Sociedade Musical Comercial Caruaruense. O nome do clube homenageia a Estrada de Ferro Central, que cortava Caruaru e o sertão em direção ao litoral. Em 2019, portanto, o alvinegro da terra do Mestre Vitalino e do compositor Luiz Vieira, soprará cem velinhas.

O clube, aliás, é preto e branco como a patativa, pássaro sertanejo. Dizem os mais velhos que, em meados dos anos 1920, o estádio em que o Central treinava era marcado pela presença constante das aves de canto dolente. A patativa passou a ser, desde então, a mascote da agremiação.

Os cariocas nunca tiveram vida fácil jogando na casa do Central. Em 1936, o Vasco — que tinha no elenco simplesmente Domingos da Guia — cortou um dobrado jogando em Caruaru. Os cruzmaltinos fizeram um gol mixuruca, tomaram sufoco o resto da partida e sofreram o empate com um gol legalíssimo de Tutu, atacante conhecido na época como o "Terror do Agreste". O juiz, porém, anulou o tento centralino, em visível deferência aos ilustres visitantes. Tutu não perdeu tempo e, fazendo jus ao apelido, botou Sua Senhoria para correr. Contou, para essa tarefa cívica de recuperação do orgulho agrestino, com inestimável apoio de alguns cangaceiros do bando de Lampião que assistiam à peleja e tinham o hábito gentil de comemorar os lances mais agudos dando tiros para o alto.

Em 1986, foi o Flamengo que sentiu a pressão de jogar em Caruaru, em uma partida que bateu o recorde de público do estádio Pedro Vitor (vinte e tantas mil pessoas). O Mengo — com Aldair, Bebeto, Zinho, Jorginho e outros tais — foi derrotado pelo Central por 2 a 1. O alvinegro jogou com Carlinhos; Serginho, Vilmar, Dema e Zé Carlos Macaé; Pacheco, João Luís e Zico (o do Sertão, é claro); Evandro, Ronaldo e Falcão. O centroavante Ronaldo fez os dois gols do time, naquela que até hoje é considerada a maior vitória da história do clube. Tudo bem que, um mês depois, o Fla sapecou sem piedade 5 a 0 na Patativa em pleno Maracanã, mas isso a gente releva.

Na última vez em que estive em Caruaru (aliás, para ser sincero, só fui lá duas vezes e gostei pra dedéu), consegui uma camisa do Central, que guardo com tremendo cuidado. Parece a do Corinthians, mas tem um escudo com o nome do time e o desenho de uma patativa.

MÁRIO VIANNA

UMA VEZ PERGUNTARAM AO ZAGUEIRO Domingos da Guia quem teria sido o homem mais valente que o Divino Mestre conheceu nos gramados. O grande Da Guia nem relutou para responder: "Mário Vianna, o único juiz que me expulsou em onze anos de carreira".

A história de Mário Gonçalves Vianna é impressionante. Foi baleiro, engraxate, fiscal da guarda civil, empacotador de velas, coveiro, polícia especial no Estado Novo, técnico de futebol, árbitro e comentarista de arbitragem. Adquiriu, nos tempos da polícia, um preparo físico de gladiador romano. Convencido por um amigo que o viu apitando uma pelada, fez o curso para árbitro da Liga Metropolitana do Rio de Janeiro — foi o primeiro da turma — e se transformou numa legenda da arbitragem brasileira.

Logo no primeiro jogo que apitou, entre Girão de Niterói e São Cristóvão, expulsou Mato Grosso, zagueiro do São Cristóvão, tremendo carniceiro, e ameaçou tirar o valentão de campo na base da porrada. O São Cristóvão, diga-se de passagem, era o clube de coração de Mário Vianna. Foi a partir daí que a fama de juiz valente, incorruptível e rigorosíssimo começou a surgir.

Houve um Flamengo e Botafogo, em General Severiano, em que Mário Vianna começou a expulsar jogadores do urubu. Na terceira expulsão, justíssima, a torcida rubro-negra, furiosa, passou a lançar garrafas e pedras em direção ao juiz. Sua Senhoria nem discutiu: jogou as garrafas de volta às arquibancadas, pulou o alambrado e se atracou com os torcedores. A radiopatrulha salvou a pele da torcida, invadindo a arquibancada para conter um tresloucado Mário Vianna, que distribuía golpes de artes marciais.

Em outra ocasião, mais precisamente no jogo Itália e Suíça pela Copa do Mundo de 1954, o jogador italiano Boniperti contestou uma marcação de falta e empurrou o árbitro. O carcamano não sabia com quem estava brincando. Mário Vianna deu um direto no queixo do bonifrate, que foi levado desmaiado para os vestiários. Na mesma Copa, aliás, chamou os dirigentes e árbitros da FIFA de "camarilha de ladrões", após a derrota do Brasil para a Hungria, e foi expulso dos quadros da entidade.

Quando indagado sobre os jogadores que mais trabalho davam em campo, Mário respondia de bate-pronto: Heleno de Freitas e Zizinho. Em certa ocasião, no campo do Vasco, Heleno provocou Mário Vianna ao entrar em campo com um disco de boleros e oferecer ao árbitro. Foi expulso de imediato.

Eu peguei, moleque, o Mário Vianna comentarista de arbitragem da Rádio Globo. Dotado de um vozeirão de dublador do Charles Bronson, Mário criou bordões inesquecíveis. Se o jogador estivesse impedido, gritava de imediato: "Banheeeeira!". Mão na bola, e lá vinha o brado: "La manooo... Cadê o eco? La manooo!". Gol irregular, e Mário se esgoelava: "Ilegal! Ilegal!". Se o juiz cometesse erros crassos, lá vinha a sentença implacável: "Errrooouuu. Soprador de apito! Soprador de apito! Laaadrão, canalha, safado!".

Em duas ocasiões, quase perdeu o emprego de comentarista. Na primeira disse, com uma incorreção absoluta, que o juiz Abraham Klein, além de judeu, era ladrão. Na outra, criticou os participantes de uma mesa redonda, que fumavam desbragadamente, berrando que a fumaça dos cigarros mataria todos eles. A mesa redonda era patrocinada pela Souza Cruz.

Não se sabe quantas vezes Mário Vianna saiu no braço com técnicos, jogadores e torcedores. Com 1,74 metros de altura e 90 quilos, foi nadando três vezes do Rio a Niterói, correu maratonas, imobilizou assaltantes com golpes de judô, quebrou telhas com a cabeça em um programa de televisão, destruiu duas cabines de rádio com socos e pontapés e o escambau. Espírita kardecista, era dado a premonições assustadoras. Avisou ao comentarista Luiz Mendes, durante a Copa de 1970 no México, que o irmão de Mendes tinha aparecido durante a noite para avisar que acabara de morrer. Luiz Mendes telefonou para casa e recebeu a notícia de que o irmão de fato tinha falecido durante a madrugada.

Quando escuto — raramente, que eu não sou doido — os comentaristas de arbitragem dos dias atuais, sinto uma saudade danada do velho Mário Vianna; polêmico, inventivo, histérico, escroto, incorreto, incontrolável e, sobretudo, original.

A PAIXÃO DE CIDINHO BOLA NOSSA

ALCEBÍADES MAGALHÃES DIAS, o Cidinho, foi um juiz de futebol de Minas Gerais que só soube fazer uma coisa na vida melhor que apitar: torcer para o Atlético Mineiro. Como as duas coisas são aparentemente incompatíveis — ser juiz e torcer de forma absolutamente escancarada por um time —, Cidinho aprontou coisas do arco da velha nas quatro linhas.

O mundo do futebol, sobretudo antes dos tempos do futebol-empresa, é tributário da cultura oral na produção da memória da bola. Cidinho é daqueles personagens em que descobrir onde começa a História e termina o Mito é impossível.

A história mais famosa sobre Sua Senhoria aconteceu durante um jogo entre o Galo e o Botafogo, em 1949. A bola saiu pela lateral e houve uma indefinição sobre a quem pertenceria a redonda. O beque do Atlético, Afonso, estava discutindo com um jogador do Glorioso, Santo Cristo, para saber quem bateria o lateral. Resolveram consultar o árbitro. Cidinho respondeu com voz de comício:

— Bola nossa! É nossa, Afonso; é bola nossa.

Passou a ser conhecido como Cidinho Bola Nossa e adorou a deferência.

Em outra ocasião, jogavam os extintos Sete de Setembro e Asas. Como o Atlético Mineiro jogaria três dias depois contra o vencedor da partida, Cidinho encontrou uma ótima maneira de cansar o futuro adversário do Galo: deu três horas e dez minutos de bola rolando. Isso mesmo, Bola Nossa deu inacreditáveis 100 minutos de acréscimos: recorde mundial — e pra todo sempre imbatível — em uma partida de futebol.

O próprio Cidinho, aliás, gostava de relatar como foi sua estreia no apito — com o objetivo admitido de ser parcial. Jogavam em 1945, Atlético Mineiro e America. Jogo decisivo para o certame. Aos quarenta segundos do primeiro tempo, em uma falta simples, Cidinho expulsou Fernandinho, ponteiro do America. Foi aplaudido pela torcida do Galo e declarou se sentir realizado.

Cidinho saiu corrido de estádios e quase morreu dezenas de vezes. Ameaças de linchamento foram pelo menos umas quinze. Em uma delas, em um jogo do Atlético contra o Metalusina, em Barão de Cocais, marcou um pênalti aos quarenta e um do segundo tempo para o Galo em uma falta ocorrida na intermediária, uns dez metros antes da entrada da área. No que o jogador do Atlético caiu, Cidinho deu a clássica corrida apontando a marca do pênalti, com tremenda autoridade e pose de vestal. Cercado pelos jogadores do Metalusina declarou apenas:

— Penalidade máxima. Pênalti claro, a falta foi pelo menos meio metro dentro da área. Quem reclamar vai pro chuveiro.

Mais uma vez ameaçado de morte, ficou quase três horas protegido pela polícia no meio de campo e só conseguiu sair da cidade vestido de cigana, com argolas nas orelhas, leque e saia rodada e o escambau. Em duas outras ocasiões, foi salvo da morte pelo Corpo de Bombeiros.

Cidinho Bola Nossa morreu com noventa e tantos anos. Confessou, já quase cantando pra subir, uma única e grande frustração em sua vida: achava que merecia um busto na sede do Atlético Mineiro, por serviços prestados ao clube. Legou ao futebol pelo menos uma sentença exemplar:

— Nunca fui desonesto. Sou passional e não consigo ver a massa sofrendo. Jamais traí o povo!

BOTÃO E PREGUINHO: BRINCANDO DE FUTEBOL

FAÇAM UMA PESQUISA COM A SEGUINTE PERGUNTA: quem foi o maior inventor brasileiro? A esmagadora maioria vai, provavelmente, cravar na bucha o bom e velho Santos Dumont. Eu não, até porque continuo a não acreditar que um avião seja de fato capaz de voar.

O maior inventor brasileiro de todos os tempos é Geraldo Décourt, o mítico pai do futebol de botão. Dizem que Décourt desenvolveu o jogo, no final da década de 1920, arrancando botões de cuecas (cueca naquele tempo tinha botão, vejam só) e de uniformes escolares. Chamou o troço de *Celotex*, um material usado para fazer as primeiras mesas, e mandou ver.

Registro que há os que negam a paternidade de Décourt e afirmam que o jogo foi inventado por D. Pedro I, nos tempos do Império. O primeiro time foi feito, nessa versão, com os botões de um vestido da Marquesa de Santos. Outros vão mais longe e afirmam que os índios Temiminós, liderados por Arariboia, disputaram a primeira partida da história, com botões feitos com ossos de Tupinambás, os seus inimigos. A polêmica é natural, em se tratando de um esporte que seduziu multidões.

Sempre achei o futebol de botão o mais democrático dos esportes mundiais, seguido pelo cuspe a distância e pela purrinha. Já se fez botão de tudo quanto foi jeito no Brasil — osso, tampa de relógio, paletó, plástico, galalite, coco e outros babados. Lembro-me bem do caso de um vizinho que arrancou os botões do paletó do avô durante o velório, ao perceber que o velho ia ser enterrado com um material de excelente qualidade para o futebol de mesa. A frase do capeta na hora de surrupiar os botões do velho foi inesquecível:

— Aquele segundo botão, que tem um buraco parecido com um bigode, é o Rivelino. Não vou deixar enterrarem o Riva.

Qualquer lugar era válido para a disputa. Jogava botão, quando era moleque, no chão da casa, na mesa da cozinha e, evidentemente, no *Estrelão*, a mesa sem cavalete que a Estrela produziu. Goleiros? Chumbinho, caixa de fósforos grande, o famoso Olhão, pedaço de madeira, plástico. Até dentadura de avó eu vi defendendo o gol em partidas improvisadas.

Quando falo em jogar botão, não me refiro ao futebol de mesa — cheio de regras e salamaleques pré-estabelecidos. Botão tem que ser misturado, a bola pode ser até — na falta de coisa melhor — de meleca dura (cansei de fazer bolinhas de meleca quando era moleque) e as regras são decididas na hora. Botão é feito a pelada de rua e ponto.

Outro jogo absolutamente democrático era o pregobol, mais conhecido como preguinho. Esfolava-se o dedo de forma retumbante ao meter os petelecos na moeda que, entre pregos, deveria entrar no gol — e aí, era só cantar o "Que bonito é a torcida delirando".

Essas rápidas recordações, na verdade, me ocorreram por conta de um detalhe. Os garotos de hoje, com raríssimas exceções, não jogam mais preguinho e botão. Na minha adolescência, jogar botão era tão natural quanto, para ficar no exemplo básico, descabelar o palhaço. Todo mundo tinha seu time.

Desconfio que a culpa pela agonia do botão e do preguinho entre os moleques é desses jogos eletrônicos malucos que reproduzem com certa fidelidade partidas de futebol. Os garotos ficam agora fazendo tabelinha virtual em computadores e televisões e, seduzidos pela parafernália desses trecos, abandonam as coisas mais simples.

Defendo, como humanista que sou, os animais em extinção, como o urso panda, o sagui-da-serra, a ararinha azul, o mono-carvoeiro, o macaco-prego, o mico leão, o cachorro do mato de orelha curta, a onça parda, o gato do mato, o tamanduá bandeira e a baleia jubarte. Não posso esquecer de citar os reis momos balofos, a pomada Minâncora, as mulatas do Sargentelli e o Bafo da Onça, em cujas causas pela preservação sempre me engajei.

Lanço aqui, por tudo isso, outra campanha preservacionista: abaixo os jogos virtuais e viva o futebol de botão e o preguinho. É urgente, Brasil!

O SORVETE QUE EU NÃO TOMEI

GANHAR UMA COPA DO MUNDO é menos prova de competência que confirmação do destino — e o nosso destino, em 1982, era levantar a taça, confirmando a máxima de que a "nêga é minha, ninguém tasca, eu vi primeiro". Era, além disso, a chance de dizer aos coroas que tinham visto o escrete papar a Jules Rimet em 1970: eu também vi o Brasil campeão do mundo.

Imaginei o gol como nosso destino manifesto e tive um misto de pena e desprezo pelo resto do planeta. A humanidade, sem a amarelinha, era um aglomerado de gente vivendo longe da zona do agrião. E não tínhamos apenas Zico, Falcão, Sócrates e o Júnior cantando "Voa, Canarinho". Exu, Tupã e Nossa Senhora Aparecida jogavam com a gente, conforme minha avó me explicara.

Até que veio a Itália e Paolo Rossi.

Jogo fácil. Mera formalidade temperada de arte e redes estufadas. Quem disse? Eles foram fazendo gols, nós fomos empatando. O primeiro queijo é dos ratos, a primeira esmola é dos pobres e o futebol é que nem o bento que bento é o frade: o seu mestre mandou o Brasil ser campeão. Não obstante, levamos um bolo.

Perdemos.

— Vou encher a cara, disse meu avô.

Eu, fã do velho, também. Peguei as merrecas da mesada, guardadas com afinco para uma tarde de amores urgentes em certa mansão da Rua Alice, que nunca frequentei, e entrei na lanchonete pisando forte, feito pistoleiro num *saloon* do Velho Oeste. Caixão não tem gaveta, eu vou é torrar o dinheiro todo, já que o mundo não é mais o mundo:

— Quero um *sundae* grande de flocos com muita castanha.

A garçonete, aos prantos, não falou nada. Preparou o *sundae* e foi chorar mais um pouco a eliminação. Peguei a colher e fui dar a primeira mordida. Não consegui. Não, eu não sentia tristeza. Eu não sentia coisa nenhuma. Tudo era desencantamento — e se não faz sentido, vou sentir o quê? Fiquei ali bem umas duas horas. O sorvete derreteu.

Imaginei o estádio escuro e deserto. Um estádio vazio, com os refletores apagados, é desde então a imagem mais triste e abandonada que me ocorre para definir a não vida. Ausência de tudo, inclusive da morte. A amiga psicóloga da tia-avó disse:

— Esse menino está deprimido.

A bola, se falasse, diria:

— Esse menino não está.

Será isso a ausência da alma? Não sei, não quero saber e tenho raiva de quem sabe. Sou mais chegado às alegrias. O diabo é que, vez por outra, eu dou de sonhar, como ontem, com o sorvete derretendo.

A CIDADE ERA O MARACANÃ

O MARACANÃ TALVEZ TENHA SIDO a maior encarnação, ao lado das praias, de certo mito de convívio cordial, ao mesmo tempo sórdido e afetuoso, da cidade do Rio de Janeiro. O Maraca foi pensado, em 1950, para ser frequentado por torcedores de todas as classes sociais, mas não de forma igualitária. Ele foi espacialmente dividido em sua concepção, como se cada torcedor tivesse que saber qual é a posição que ocupa na sociedade hierarquizada: os mais pobres na geral, o arco da classe média nas arquibancadas, os mais remediados nas cadeiras azuis e os bambambãs nas cadeiras cativas.

Havia algo de perverso na antiga geral. De lá praticamente não se via o jogo. Sem visão panorâmica do campo e noção de profundidade, o torcedor ficava em pé o tempo inteiro. Além disso, o geraldino corria o risco permanente de ser encharcado pela chuva e alvejado por líquidos suspeitos e outros objetos que vinham de cima.

Essa fabulação de espaço democrático que era o antigo Maracanã, todavia, ainda permitia duas coisas que nos faziam acreditar em uma cidade menos injusta: a crença num modelo de coesão cordato, em que as diferenças se evidenciavam no espaço, mas se diluíam em certo imaginário de amor pelo futebol; e a possibilidade de invenção de afetos e sociabilidades dentro do que havia de mais precário. A geral — o precário provisório — acabava sendo o local em que as soluções mais inusitadas e originais sobre como torcer surgiam.

A geral era, em suma, a fresta pela qual a festa do jogo se potencializava da forma mais vigorosa: como catarse, espírito criativo, *performance* dramática e sociabilização no perrengue.

Liquidar a geral, a rigor, poderia ser defensável, considerando-se a precariedade do espaço. O problema é que ele veio acompanhado de um projeto muito mais perverso: não era a geral que precisava sumir, eram os geraldinos. Na arena multiuso, interessa um público restrito, selecionado pelo potencial de consumo dentro dos estádios e pelos programas de sócios torcedores. Facilitam-se assim a massificação das transmissões televisivas por canais a cabo e a captura da própria estética do jogo pelos grandes grupos de comunicação, com as suas 120 câmeras espalhadas pelo estádio.

O fim da geral foi, simbolicamente, o esfacelamento de um pacto de cordialidade que usou o manto do consenso para desenhar simulacros de democracia na cidade. Mas até isso já era. Prevalece agora, nos estádios e nas metrópoles, a lógica da exclusão explícita. A morte do Maracanã, o velho, é um recado: a cidade democrática não existe mais nem como fábula. O jogo, entretanto, não terminou. O carioca miudinho há de reinventar, como sempre fez, seus afetos fora das arenas e encontrar novas frestas para arrepiar a vida de originalidades e tensionar o consenso cordial na empresa travestida de cidade: aquela mesma que não lhe quer.

OS DEZ MANDAMENTOS

E O DEUS DE PERNAS TORTAS, puto da vida com a destruição do templo, entregou ao profeta, em noite de tempestade às margens do caudaloso Rio Maracanã, a tábua com dez recomendações:

[1]

Nunca chame o craque de "atleta diferenciado". Guarde o "diferenciado" para adjetivar maratonistas de patinação no gelo ou jovens cantores dos Canarinhos de Petrópolis.

[2]

O ruim de bola deve ser chamado preferencialmente de cabeça de bagre, pereba e quejandos. Corno e filho da puta se admitem nos momentos mais dramáticos — passe errado, gol perdido, frangaço. Guarde o "atleta limitado" para se referir a alguém que não consegue mais despertar o bilau na hora do vuco-vuco. Atleta, aliás, é quem faz atletismo. Quem joga bola é jogador e ponto.

[3]

Malditos os que transformam o templo do jogo em "arena multiuso", com ingressos caros, bistrô, loja de conveniência, espaço *gourmet* e outros salamaleques. Futebol se joga em estádios com arquibancadas de madeira, cimento ou com o público confortavelmente instalado em barrancos. Árvores frondosas também são permitidas nos campos, desde que, nos dias de grande público, se transformem em camarotes reversíveis.

[4]

Jogador reserva não é "peça de reposição". A expressão, queridinha de técnicos e comentaristas, é mais adequada para se referir a escravos comprados no Brasil colonial, comumente conhecidos como peças. Admite-se também o uso em oficinas de automóveis. Um cabo de embreagem é um bom exemplo de peça de reposição.

[5]

Que a danação seja eterna para os que entregam taças em teatros, com jogadores e dirigentes de terno e gravata e a apresentação de atores que não sabem a diferença entre uma bola e uma ogiva nuclear. Taça se entrega no campo. Só será admitido fazer isso no dia em que a cerimônia de entrega do Oscar for no estádio Ítalo Del Cima, em Campo Grande.

[6]

É direito sagrado invadir o campo para comemorar a conquista do clube.

[7]

Pai e mãe serão honrados. Abre-se uma exceção para a genitora de Sua Senhoria, o juiz da partida. Recomendo aos que não querem ouvir palavrões no campo que procurem assistir aos funerais de um papa. Os cantos gregorianos são do maior respeito.

[8]

É permitido beber nos estádios a água benta que melhor lhe conduzir ao contato com o sagrado. Comércio informal nos arredores — com churrasquinho, cachorro quente, laranja lima e que tais — é fundamental.

[9]

Não profanarás a camisa do clube com propagandas de cursos de inglês, bancos, funerárias, produtos de limpeza, organismos internacionais de combate à fome ou coisa que o valha.

[10]

Há que se respeitar o torcedor sobre todas as coisas — e para isso, é suficiente não tratá-lo como cliente de empresa de telefonia celular ou plateia de recital de música de câmara.

Amém.

[Este livro foi composto em Tisa e Lunchbox. Ele foi impresso pela gráfica Rotaplan em 2017, setenta e quatro anos depois que o Santa Cruz do Recife realizou, na Amazônia, a excursão mais épica de futebol do mundo. No miolo foi utilizado pólen bold 70g/m² e na capa, triplex 300g/m².]